Au Bonheur des Lettres

Letters of Note : Love a été publié pour la première fois
au Royaume-Uni par Canongate Books, en 2020.

Traduction française de l'ensemble des lettres par
Camille de Chevigny, hormis les reproductions de traductions existantes,
à savoir : "Je ne peux vous aimer moins" © Gallimard, 1997,
pour la traduction française de Sylvie Le Bon de Beauvoir ;
"Je n'ai jamais aimé comme je t'aime" © Fayard, 2017, pour la traduction
française de Laure Troubetzkoy ; "Vous ne serez jamais loin"
© Gallimard, 1983, pour la traduction française de Lily Denis,
Philippe Jaccottet et Ève Malleret ; "Éternellement bien-aimée"
© Actes Sud, 2010, pour la traduction française par Jean Chuzeville ;
"Une abominable demande en mariage" © Jocelyne Gourand, 1993 ;
"Bonne chance, ma chérie" © Robert Lafont, 2018, pour la traduction
française de Jean Guiloineau ; "Un hurlement de souffrance" © Stock,
2010, pour la traduction française de Raymond Las Vergnas

Conception graphique, maquette et couverture :
Virginie Perrollaz
Image en couverture : © Titos / Getty Images

ISBN : 978-2-36468-510-9

Achevé d'imprimer pour le compte des Éditions du sous-sol en 2020

recueil de courriers historiques,
inattendus et farfelus

Au Bonheur des lettres

AMOUR

RASSEMBLÉES PAR **SHAUN USHER**

Traduites par Camille de Chevigny

**Éditions
du sous-
sol**

SOMMAIRE

INTRODUCTION

Il n'y a rien au monde qui soit aussi puissant que l'amour. C'est la force qui nous lie. Dans les moments les plus sombres, les périodes les plus rudes de notre existence, l'élan de l'amour nous donne l'énergie nécessaire pour tenir bon. De fait, embrasés d'amour, reliés à un autre être humain à ce niveau fondamental, nous nous sentons prêts à tout accomplir et capables de surmonter tous les obstacles que la vie oserait placer sur notre chemin, déterminés à nous battre jusqu'à la mort si nécessaire afin de protéger ce trésor qui nous est cher.

L'amour est selon moi ce qui se rapproche le plus d'un superpouvoir. Mais avec les hauts viennent les bas, et un amour qui a tourné peut, en un battement de cil et sans ménagement, nous mettre à genoux, détruisant la vie même qu'il avait auparavant illuminée. La douleur implacable qui comble parfois le vide d'un amour éteint ne ressemble à aucune autre et ses effets sont presque impossibles à traduire par des mots. C'est la vie sans couleur. Un film sans le son. S'abandonner pleinement à l'amour, c'est baisser complètement la garde, se mettre à nu, et la preuve irréfutable de ses fabuleux bénéfices est que nous continuions à le chercher toujours.

Il n'est donc pas étonnant que la lettre, notre forme de communication la plus intime, se soit révélée un moyen si populaire pour parler d'amour, ce quelque chose de particulier si difficile à coucher sur le papier, bien que beaucoup le décrivent comme notre seule langue universelle.

Dans cet ouvrage, vous trouverez un recueil de lettres qui tendent à illustrer notre relation complexe à cette séduisante énergie, parmi lesquelles celle d'un père à son fils amoureux transi, lettre dont les sages paroles profiteront sûrement aux petits comme aux grands. Vous découvrirez la lettre qui a fait invalider l'interdiction des mariages mixtes aux États-Unis, rédigée par une femme dont le nom de famille paraît proprement prémonitoire. Vous lirez aussi une demande en mariage datant de 1886 totalement dénuée de romantisme, qui risque de vous faire rire aux larmes ou de vous arracher un soupir de pitié, ainsi que la lettre désespérée à l'homme qui l'a aidé à s'échapper d'un esclave libéré qui le supplie de retrouver sa chère et tendre épouse. Et bien sûr vous trouverez de nombreux exemples d'authentiques lettres d'amour – des lettres à des amants, à des disparus, des lettres jamais envoyées –, une forme de correspondance qui ne trouve pas d'équivalent dans le monde actuel, et une saveur épistolaire à laquelle des milliers de personnes, moi y compris, doivent tant.

C'est en septembre 2002 que ma passion pour les lettres est née, alimentée par une correspondance long courrier avec une amie contrainte de déménager à des centaines de kilomètres pour plusieurs mois.

L'expression "réseaux sociaux" n'avait pas encore vu le jour, et à l'époque, les messages électroniques semblaient encore exotiques, aussi notre décision de rester en contact par voie postale parut presque normale.

Ce que nous n'avions pas anticipé, c'est combien ces lettres se révéleraient réjouissantes et visionnaires, et à quel point notre toute jeune relation recevait par elles le plus beau des préambules.

Karina et moi nous sommes mariés en 2012. Ce recueil lui est dédié.

Shaun Usher

LES LETTRES

Lettre 01

RIEN DE BON NE DISPARAÎT

John Steinbeck à Thom Steinbeck

10 novembre 1958

Né en Californie en 1902, John Steinbeck est rapidement considéré comme un géant de l'écriture grâce à des classiques tels que Les Raisins de la colère, À l'est d'Eden *ou* Des souris et des hommes. *Et sa notoriété s'accroît encore lorsqu' à 60 ans il reçoit le prix Nobel de littérature, un honneur dont si peu peuvent se targuer. Comme la plupart des écrivains de son temps, Steinbeck aime à correspondre et il entretient des relations épistolaires avec toutes sortes de gens, depuis ses amis auteurs jusqu'aux présidents des États-Unis, déployant un style naturel et délié. En 1958, quatre ans avant sa consécration, Steinbeck écrit sa lettre la plus belle, et la plus riche d'enseignements à son fils de 14 ans. Thomas qui est en pension vient de tomber amoureux. Il sollicite les conseils d'un père.*

LA LETTRE

10 novembre 1958

Cher Thom,

Nous avons reçu ta lettre ce matin. Je vais te répondre de mon point de vue et bien sûr, Elaine répondra du sien.

Primo – si tu es amoureux – c'est une bonne chose – c'est à peu près la meilleure chose qui puisse t'arriver. Ne laisse personne te faire croire que c'est insignifiant ou négligeable.

Secundo – il existe plusieurs espèces d'amour. L'une est égoïste, étriquée, cupide, narcissique, et se sert de l'amour pour se donner de l'importance. C'est l'espèce laide et paralysante. L'autre est un débordement de tout ce qu'il y a de bon en toi – ta bienveillance, ta considération et ton respect, pas uniquement le respect des bonnes manières mais un respect plus large qui est la reconnaissance de l'autre comme une personne unique et précieuse. La première sorte peut te rendre malade, te couper les ailes et t'affaiblir mais la seconde peut libérer en toi une force, un courage, une bonté voire une sagesse dont tu ne soupçonnais même pas l'existence.

Tu dis que ce n'est pas une amourette. Si cela te tient tant à cœur – bien sûr que ce n'est pas une amourette.

Mais je ne pense pas que tu me demandes ce que tu ressens. Tu le sais mieux que personne. Ce que tu souhaites savoir, c'est ce que tu peux faire – et cela je peux te le dire.

Tout d'abord savoure cet amour, et sois très heureux et reconnaissant.

L'objet d'amour est le meilleur et le plus beau. Essaie d'être à la hauteur.

Si tu aimes quelqu'un – il n'y a aucun mal à le dire – seulement tu dois te rappeler que certaines personnes sont très timides et qu'on doit parfois en tenir compte au moment de le leur dire.

Les filles ont le chic pour savoir ou percevoir ce que nous ressentons, mais généralement elles aiment aussi l'entendre.

Il arrive parfois que ce que l'on éprouve ne soit pas payé de retour pour une raison ou une autre – mais cela ne rend pas nos sentiments moins précieux ou moins bons.

Enfin, je sais ce que tu ressens parce que je le ressens aussi et je suis heureux que ton tour soit venu.

Nous serons ravis de rencontrer Susan. Elle sera évidemment la bienvenue chez nous. Mais Elaine se chargera de tous ces arrangements parce que c'est son domaine et ça lui fera très plaisir. Elle en sait long sur l'amour elle aussi et peut-être te sera-t-elle d'une plus grande aide que moi.

Et n'aie pas peur d'échouer. Si ça doit arriver, ça arrive –, l'important, c'est de ne pas se précipiter. Rien de bon ne disparaît.

Je t'embrasse,

PA

Lettre 02

JE NE PEUX VOUS AIMER MOINS

Simone de Beauvoir à Nelson Algren

30 septembre 1950

Simone de Beauvoir et Jean-Paul Sartre ont passé la majeure partie de leur vie ensemble, entretenant une relation assez libre depuis leur rencontre jusqu'à la mort de Sartre en 1980. D'autres partenaires croisent leur route au fil des années mais, en 1947, Simone rencontre Nelson Algren, un romancier américain auquel elle ne peut résister, en dépit de l'océan qui les sépare. Et c'est ainsi que naît une relation à distance qui durera trois ans. En 1950, à son retour d'un séjour à Chicago auprès de Nelson, séjour qui, par l'absence manifeste d'amour, marque la fin d'une liaison qu'elle a tant goûtée, Simone lui écrit une lettre.

LA LETTRE

Hôtel Lincoln,
New York,
30 septembre 1950

Nelson,

Mon très cher et très doux. Vous veniez de me quitter quand un homme souriant s'est approché et m'a remis cette belle fleur insensée, les deux petits oiseaux et l'amour de Nelson. Ça a failli anéantir ma bonne conduite, le dur impératif de "ne plus pleurer". En fait j'en suis à la tristesse sèche plutôt qu'à la colère froide, j'ai gardé jusqu'à présent les yeux secs, secs comme du poisson fumé, mais à la place du cœur s'est installée une sale crème douceâtre. J'ai attendu une heure et demie à l'aéroport, le brouillard empêchait l'avion de Los Angeles d'atterrir. Vous avez bien fait de partir, l'ultime attente se serait éternisée, mais vous aviez bien fait de m'accompagner. Merci pour la fleur, pour m'avoir accompagnée, sans parler du reste. La fleur pourpre serrée contre moi, j'ai donc attendu, feignant de lire le policier de Macdonald, puis nous avons décollé. Voyage sans histoires, aucune secousse. Je n'ai pas dormi, continuant à faire semblant de lire, continuant à vous chérir au fond de mon bête de sale cœur. New York était un charme, chaud, ensoleillé et gris à la fois. Quelle ville splendide ! Inutile de me briser le cœur en retournant au "Brittany", j'ai choisi le "Lincoln" où j'habitais il y a trois ans, ne connaissant alors pas une âme sur ce continent, et loin de soupçonner qu'à Chicago je tomberais dans un invraisemblable piège. On m'a attribué exactement la même chambre, un peu plus proche du ciel mais identique. Quelle sensation bizarre de me retrouver dans ce lointain passé ! Comme il y a trois ans, je suis descendue au salon de coiffure, sans me heurter à aucune difficulté non plus, l'hôtel paraît vide. J'ai acheté le stylo pour Olga (14 dollars), vous avez eu raison de me redonner tant de sous, j'ai eu juste de quoi payer. Et j'ai marché, marché par la ville, sur la Troisième Avenue que nous avions parcourue de bout en bout, la dernière nuit, il y a deux ans, autour du "Brittany" aussi, partout je vous retrouvais, tout me revenait à la mémoire. J'ai flâné dans Washington Park où se tient une espèce de marché aux puces. Du bus de la Cinquième Avenue j'ai regardé la nuit tomber sur New York.

Il est 21 heures maintenant, je n'ai mangé qu'un petit sandwich, n'ai pas dormi depuis Wabansia et suis absolument crevée. Je vous écris de ma chambre en buvant de votre scotch, mais je ne pourrai me coucher aussi tôt. Autour de moi, New York, derrière moi, notre été. Je vais redescendre marcher encore en y rêvant, jusqu'à épuisement total.

Je ne suis pas triste. Assommée, plutôt, très loin de moi-même, incapable de croire vraiment que désormais vous serez si loin, si loin, vous qui étiez si proche. Avant de partir, je veux vous dire deux choses seulement, après je n'en parlerai plus jamais, promis. La première, c'est mon espoir de vous revoir un jour. Je le veux, j'en ai besoin. Cependant, souvenez-vous, je vous en prie, que jamais je ne demanderai à vous voir, pas par fierté, avec vous je n'en ai pas, vous le savez, mais parce que notre rencontre n'aura de sens que si vous la souhaitez. J'attendrai donc. Quand vous le souhaiterez dites-le. Je n'en conclurai pas que vous avez recommencé à m'aimer, pas même que vous désirez coucher avec moi, nous ne serons nullement obligés de rester ensemble longtemps – juste quand et autant que vous en aurez envie. Sachez que moi je désirerai toujours que vous me le demandiez.

Non, je ne peux pas croire que nous ne nous reverrons plus. J'ai perdu votre amour, ç'a été, ça demeure douloureux, mais vous, je ne vous ai pas perdu. De toute manière vous m'avez comblée, Nelson, ce que vous m'avez donné a tellement compté, vous ne pourriez me le reprendre. Votre tendresse, votre amitié, m'ont été si précieuses que lorsque je vous considère en moi-même je persiste à me sentir réchauffée, heureuse, ardemment reconnaissante. J'espère que cette tendresse, cette amitié, ne me feront jamais défaut, jamais. Quant à moi, aveu déconcertant dont je suis honteuse, mais pure vérité, je vous aime autant que lorsque j'ai atterri dans vos bras décevants, ce qui veut dire de tout mon être, de tout mon sale cœur – je ne peux vous aimer moins. Que ça ne vous gêne pas, chéri, ne transformez pas notre correspondance en corvée, n'écrivez que si le cœur vous en dit, conscient que chaque lettre me rendra heureuse.

Bon, les mots paraissent dérisoires. Vous me semblez si proche, si proche, laissez-moi aussi m'approcher de vous. Laissez-moi, comme autrefois, laissez-moi être, dans mon propre cœur, à jamais,

Votre Simone

Lettre 03

SACHEZ QUE VOUS ÊTES AIMÉE

Dorothy Freeman à Rachel Carson

Décembre 1963

En 1953, bien avant la publication de l'ouvrage Le Printemps silencieux, *un essai d'une importance majeure, Rachel Carson, pionnière de la biologie marine reçoit une lettre d'une admiratrice, Dorothy Freeman. Les deux femmes allaient correspondre pendant des années et nouer une relation profonde. Dans leurs lettres, elles abordent tous les sujets imaginables et parlent ouvertement d'amour. Dix ans après leur premier contact, quatre mois avant que Carson ne meure d'un cancer Freeman envoie ses vœux à son amie. Ce serait le dernier courrier qu'elle adresserait à Carson.*

LA LETTRE

Très chère Rachel,

Dix ans, chère amie, depuis cette première carte de vœux. Que puis-je dire à présent, dix ans plus tard, que je n'aie déjà dit en 1953 ? Les mots sont peut-être différents mais le thème – j'ai besoin de vous, je vous aime – est le même. Tout comme j'avais besoin à l'époque de votre compréhension, et de cette forme de camaraderie que personne d'autre n'a su m'offrir, j'ai besoin de vous aujourd'hui, autant, et même plus. Tout comme je vous aimais alors, pour vous-même et pour tout ce que vous représentez, je vous aime à présent – avec énergie, honnêteté et fièvre.

Aussi je vous envoie ma gratitude pour ces dix années – des années qui ont enrichi, oui, et même changé ma vie. De telles années – de joies et de peines pour nous deux. Comme nous avons partagé les joies, nous n'avons pas moins partagé les peines. Parfois je me demande comment j'aurais pu surmonter les gouffres sans votre fortifiant amour. Sans vous, dans ces jours sombres, je sais que la vie n'aurait pas valu le coup d'être vécue.

Mais je m'interdis d'évoquer les ténèbres ce soir. Ce qui ressurgit, c'est la beauté que j'ai faite mienne grâce à vous : les splendeurs partagées de la Nature sous toutes ses formes ; le monde des livres et les personnes de ce monde ; l'entente musicale ; mais par-dessus tout, l'inspiration vivante que vous êtes pour moi. Pour tout ceci et tant d'autres choses que les mots ne peuvent pas rendre, ma gratitude est sans limite. Je peux à tout moment aller puiser dans ma mémoire d'agréables moments – si j'essayais d'en faire l'inventaire, je n'en verrais jamais la fin.

Hier au crépuscule, le ciel d'ouest sans nuages s'est embrasé d'un orange incendiaire qui n'est jamais plus beau que lorsqu'il filtre entre les brunes silhouettes des épicéas de notre forêt du Maine. L'éclat de diamant de Vénus brillait encore haut dans le ciel. En dessous se trouvait le premier et mince croissant scintillant de la jeune lune qui sera la lune de Noël – et que (ô joie à venir) nous partagerons peut-être. À son extrémité, une étoile ponctuait la scène ! Inutile de vous dire ce qui se passa dans mes yeux. Il y a de la promesse dans cette lune car elle sera pleine le 30 décembre.

Quelle que soit l'heure à laquelle vous lirez ceci, sachez que mes bras sont métaphoriquement autour de vous. Alors fermez vos yeux et sachez que vous êtes aimée.

Que votre Noël soit un Noël heureux.

Avec tout mon amour, toujours,

Dorothy

Lettre 04

MON ÂME EST CONTRARIÉE

Isaac Forman à William Still

7 mai 1854

En décembre 1853, Isaac Forman alors âgé de 23 ans saisit l'opportunité de se soustraire à sa vie d'esclave à Norfolk en Virginie en s'enfuyant à Toronto. Il laisse derrière lui Mme Sanders, à qui il appartient depuis de nombreuses années. Cependant, à son grand désarroi, il laisse également derrière lui sa femme, esclave elle aussi, mais au service d'un autre maître à Richmond. Il ne reste que peu de traces de la vie d'Isaac Forman. Grâce à cette lettre, nous savons néanmoins qu'il trouvait la vie sans sa bien-aimée insupportable. Elle est adressée à William Still, un conducteur bien connu du Chemin de fer souterrain, un réseau secret de personnes, de lieux et d'itinéraires par le biais duquel des milliers d'esclaves, dont Forman, ont pu échapper à leur condition.

LA LETTRE

Toronto,
7 mai 1854

M. W. Still : – Cher Monsieur – Je saisis l'opportunité qui s'offre à moi de vous écrire ces quelques lignes et j'espère que lorsqu'elles vous arriveront, elles vous trouveront en forme. Je vous aurais écrit plus tôt, mais j'attendais d'avoir des nouvelles de mon ami M. Brown. Je devine qu'il a été très pris par ses affaires, ce qui explique qu'il ne m'ait pas écrit avant. Cher Monsieur, rien n'aurait pu m'empêcher d'écrire, dans un cas comme celui-ci, à part la mort.

Mon âme est contrariée, mes maux sont inexprimables. J'ai souvent l'impression que j'ai envie de mourir. Je dois voir ma femme pour faire bref, sinon je vais mourir. Ce que je ne donnerais pas, aucune langue ne peut le prononcer. Rien que pour contempler ses douces lèvres un instant, je serais prêt à mourir dans l'instant. Je suis résolu à la voir un jour ou l'autre. M'imaginer redevenir esclave est affreux. J'espère que les cieux me souriront à nouveau et que ce sort me sera épargné. Je vais quitter le Canada dans peu de temps, mais je ne nomme pas les endroits où j'irai, il se peut que ce soit au fond de l'océan. Si j'avais su avant de partir tout ce que je sais maintenant, je ne serais pas parti avant d'avoir trouvé un moyen de l'emmener avec moi. Vous n'avez jamais souffert comme moi de l'absence d'une épouse. J'estime cette douleur presque supérieure à la mort, et j'espère que vous ferez tout ce que vous pourrez pour moi et vous renseignerez auprès de vos amis pour savoir s'il y a quoi que ce soit qui puisse être fait pour moi. Écrivez-moi, s'il vous plaît, immédiatement à réception de ce courrier, et dites quelque chose qui remontera mon moral abattu. Vous m'obligeriez en allant demander à M. Brown s'il me rendrait service en allant à Richmond voir ma femme, et en examinant quels arrangements il pourrait prendre avec elle, et je serai prêt à payer toutes les dépenses aller et retour. Veuillez, s'il vous plaît, prendre contact avec M. Bagnel et Minkins, demandez-leur s'ils ont vu ma femme. Je suis résolu à la voir, quitte à mourir l'instant d'après. Je peux dire que j'ai été heureux, mais que je ne le serai jamais plus, jusqu'à ce que je la voie ; car que peut être la liberté pour moi, quand je sais que ma femme est en esclavage ? Ces personnes que vous avez convoyées il y a quelques semaines sont restées à St Catherine, plutôt que de rejoindre Toronto. Je vous ai envoyé deux lettres la semaine dernière et j'espère que vous aurez l'obligeance de vous en occuper. Le bureau de poste est fermé, je vous envoie donc aussi l'argent pour régler la poste, et je vous en prie, écrivez-moi en toute hâte.

Je demeure plus que jamais votre serviteur obéissant,

I. Forman

Lettre 05

VOUS ÊTES LA MERVEILLE DE TOUTES LES MERVEILLES

Juliette Drouet à Victor Hugo

1835

Lorsqu'elle décède en 1883, cela fait près de cinquante ans que l'actrice Juliette Drouet est la maîtresse de Victor Hugo, l'auteur des Misérables. *Ils se sont rencontrés dans les coulisses de sa pièce* Lucrèce Borgia, *dans laquelle elle obtient le rôle de la princesse Negroni. À cette époque, la femme d'Hugo entretient une liaison avec le critique littéraire Charles-Augustin Sainte-Beuve. Hugo a donc fort peu de scrupules à séduire Drouet. Pendant cette moitié de siècle, elle se dévoue entièrement à Hugo et lui écrit religieusement tous les jours – et souvent plusieurs fois par jour. Des dizaines de milliers de lettres ont survécu, parmi lesquelles celle qui suit.*

LA LETTRE

Vendredi 20 heures

Si j'étais tant seulement une femme d'esprit, je vous dirais, mon bel oiseau, comme quoi vous avez à vous tout seul la forme, le plumage et le chant !

Je vous dirais que vous êtes la merveille de toutes les merveilles, depuis celles qui sont, jusqu'à celles qui ont été, et je ne dirais là que la simple vérité. Mais pour vous dire cela, mon superbe, il me faudrait une voix harmonieuse qui n'appartient pas à l'espèce dont je fais partie : celle dont vous vous êtes si bien moqué tantôt. Ce n'est donc pas moi qui vous dirai à quel point vous êtes éblouissant et resplendissant, je laisse cela à tous les oiseaux gazouilleurs, parlant et sifflant ; et ceux-ci, comme vous le savez, ne sont pas les moins beaux, ni les moins admiratifs.

Je leur laisse le soin de vous regarder, de vous écouter, de vous admirer. Moi je ne me réserve que le droit de vous aimer, c'est peut-être moins harmonieux à l'oreille, mais c'est plus doux au cœur.

Je vous aime, je t'aime, mon Victor, je ne veux pas trop te le dire, je ne peux jamais te le dire assez, comme je le sens.

Dans tout ce que je vois de beau je te reconnais, les belles formes, les belles couleurs, les suaves odeurs, les sons harmonieux, tout ça c'est toi, et toi tu es bien plus que tout ce que je vois et que j'admire ; tu es toi ! Tu n'es pas le spectre solaire aux sept couleurs lumineuses, tu es le soleil lui-même qui éclaire, qui réchauffe, qui vivifie !

Voilà ce que tu es, moi je suis une pauvre femme qui t'adore.

Juliette

P.-S. : Si tu viens me prendre comme tu me l'as fait espérer, je te verrais bientôt, c'est la première fois que je désire Le spectacle avec autant d'ardeur... Lanvin vient de venir, je te conterai cela.

Lettre 06

JE N'AI JAMAIS AIMÉ COMME JE T'AIME

Vladimir Nabokov à Véra Slonim

8 novembre 1923

La relation qui unit Vladimir Nabokov à Véra Slonim pendant cinquante ans est de celles qui fascinent. Tous deux nés à Saint-Pétersbourg en Russie – lui en 1899, elle trois ans plus tard – c'est à l'occasion d'un bal donné à Berlin en 1923 qu'ils se rencontrent. Le visage caché derrière un masque d'arlequin, elle y récite de tête un de ses poèmes. Ils se marient deux ans plus tard. Tandis que Nabokov se concentre sur l'écriture de ce qui deviendra un chef-d'œuvre de la littérature, Slonim endosse les rôles de lectrice, muse, éditrice, agente, traductrice, chauffeur, manageuse, et, paraît-il, garde du corps armé. Elle sauve même des flammes le manuscrit de Lolita, *qui plus d'une fois manque d'être détruit par son créateur rongé de doutes. Elle est tout pour lui, et lui pour elle, et les nombreuses lettres d'amour de Nabokov à sa femme débordent d'admiration. Celle-ci a été rédigée quelques mois après leur première rencontre.*

LA LETTRE

41, Landhausstrasse,
Berlin W.,
8-XI-23

Mon bonheur, mon merveilleux bonheur doré, comment t'expliquer à quel point je suis tout à toi – avec tous mes souvenirs, mes poèmes, mes élans, mes tourbillons intérieurs ? T'expliquer que je ne peux pas écrire un mot sans entendre la façon dont tu vas le prononcer, ni me souvenir du moindre détail de mon passé sans éprouver le regret – si vif ! – que nous ne l'ayons pas vécu ensemble, qu'il s'agisse de tout ce qu'il y a de plus intime, de plus ineffable, ou simplement d'un coucher de soleil au détour d'une route – tu comprends, mon bonheur ?

Et je sais : je ne peux rien exprimer avec des mots, et au téléphone, c'est encore pire. Car avec toi il faut parler une langue merveilleuse, comme on parle, par exemple, à ceux qui ne sont plus là – merveilleuse, tu comprends, par sa pureté, sa légèreté et sa justesse de ton, mais moi, je patauge horriblement. Car tu peux être blessée par de vilains diminutifs, tellement tu es sonore comme l'eau de la mer, ma belle et bonne.

Je jure – et cette tache d'encre n'a rien à voir avec cela –, je jure par tout ce qui m'est cher, tout ce en quoi je crois – je jure que je n'ai jamais aimé comme je t'aime, avec une telle tendresse – jusqu'aux larmes – et avec un sentiment aussi radieux. Sur cette feuille, mon amour, j'avais commencé à écrire ("Ton visage ent") un poème pour toi et il est resté une petite queue incongrue qui m'a fait trébucher. Et je n'ai pas d'autre papier. Je souhaite par-dessus tout que tu sois heureuse et il me semble que ce bonheur, je pourrais te le donner – un bonheur simple, ensoleillé – et pas tout à fait ordinaire.

Et tu dois me pardonner ma petitesse, le fait que je pense avec répugnance à la façon dont je vais expédier demain – *practically* – cette lettre, alors que je suis prêt à te donner tout mon sang s'il le fallait – c'est difficile à expliquer et cela semble plat, mais c'est ainsi. Voici ce que je vais te dire : mon amour pourrait emplir dix siècles de feu, de chants et d'exploits – dix siècles entiers, immenses et aériens, pleins de chevaliers gravissant des montagnes ardentes, de géants légendaires, de Troie en fureur, de voiles orange, de pirates et de poètes. Et ce n'est pas de la littérature, car si tu relis attentivement, tu verras que les chevaliers sont gras.

Non, je veux simplement te dire que je n'imagine pas la vie sans toi – bien que tu penses que "cela m'amuse" de rester deux jours sans te voir. Et tu sais, il paraît que ce n'est pas du tout Edison qui a inventé le téléphone, mais un autre Américain, un brave homme dont tout le monde a oublié le nom. C'est bien fait pour lui. Écoute, mon bonheur, tu ne me diras plus que je te fais souffrir ? Comme j'ai envie de t'emmener quelque part avec moi – tu sais, comme faisaient les brigands autrefois : un chapeau à larges bords, un masque noir et un tromblon à canon évasé. Je t'aime, je te veux, j'ai insupportablement besoin de toi... Tes yeux qui brillent d'émerveillement, quand, la tête rejetée en arrière, tu racontes quelque chose de drôle, tes yeux, ta voix, tes lèvres, tes épaules – si légers, si lumineux...

Tu es entrée dans ma vie, non comme on rend une visite (tu sais, "sans ôter son chapeau"), mais comme on arrive dans un royaume où toutes les rivières attendaient ton reflet et toutes les routes, tes pas. Le destin a voulu corriger son erreur, comme s'il me demandait pardon pour toutes ses tromperies précédentes. Comment pourrais-je te quitter, mon conte de fées, mon soleil ? Tu comprends, si je t'aimais moins, je devrais partir. Mais ainsi, cela n'a pas de sens. Et je n'ai pas non plus envie de mourir. Il y a deux sortes de "advienne que pourra". La variante fataliste et la variante volontaire. Pardonne-moi, mais c'est la seconde qui me fait vivre. Et tu ne peux pas me retirer ma foi en ce à quoi j'ai peur de penser, tant ce bonheur serait immense... Voici encore une petite queue : oui, la lenteur surannée des discours simples comme l'acier... Mais le cœur est ardent : de l'acier trempé par l'envol... C'est un petit morceau de mon grand poème que je n'y ai pas inclus. Je l'ai noté pour ne pas l'oublier et maintenant, il est là comme une écharde.

Je t'écris tout cela allongé sur mon lit, ma feuille posée sur un énorme livre. Quand je travaille tard dans la nuit, l'un des portraits accrochés au mur (sans doute une aïeule de notre propriétaire) me fixe d'un air très désagréable. Je suis content d'être arrivé au bout de la petite queue, elle me gênait beaucoup. Bonne nuit, mon amour... Je ne sais pas si tu parviendras à lire cette lettre chaotique... Mais cela ne fait rien... Je t'aime. Je t'attendrai demain soir à onze heures, sinon téléphone-moi après neuf heures.

V

Lettre 07

NOUS NE FORMIONS QU'UN SEUL ÊTRE

Maud Gonne à W. B. Yeats

26 juillet 1908

Le poète et prix Nobel de littérature W. B. Yeats a demandé en mariage l'actrice et militante irlandaise Maud Gonne quatre fois en dix ans – en 1891, 1899, 1900 et 1901 – et à chaque fois, à son désarroi, elle a décliné sa proposition. Pour ne rien arranger, il devient évident que ce n'est pas l'idée du mariage qui est en cause quand en 1903 elle accepte la demande d'un autre homme. Pourtant, ils restent proches et Gonne demeure pour Yeats une sorte de muse, inspirant certains de ses poèmes. Ils partagent également un intérêt pour l'occulte et, en juillet 1908, quelques mois avant que leur relation soit finalement consommée, Maud lui écrit une lettre.

LA LETTRE

Paris,
26 juillet 1908

Willie,

Ce n'est pas dans la semaine, mais dans la journée que je t'écris. J'ai vécu quelque chose de si merveilleux la nuit dernière que je dois savoir tout de suite si tu en as toi aussi fait l'expérience. Car par-dessus tout, je ne veux rien faire qui te tire de ton travail, ou te complique la tâche.

Cette pièce va être une merveille et doit passer en premier – rien ne doit venir la parasiter.

La nuit dernière, chez moi, tout le monde avait regagné ses quartiers à onze heures moins le quart et je me suis dit que j'allais venir à toi par voie astrale. Ce n'était pas une heure à laquelle tu travailles et j'ai pensé qu'en allant à toi je pourrais même peut-être te laisser un peu de ma vitalité et de mon énergie qui te rendrait l'écriture moins pénible le lendemain – j'avais vu la veille, en sortant du sommeil, une curieuse forme vaguement égyptienne flotter au-dessus de moi (comme dans le dessin de Blake, L'âme quittant le corps). Elle portait des vêtements qu'on aurait dit faits de phalènes et avait d'étranges ailes ourlées d'or dans lesquelles elle pouvait s'envelopper – j'avais pensé que c'était mon double, un corps dans lequel je pouvais voyager jusqu'au monde astral. À onze heures moins le quart, j'ai revêtu ce corps et j'ai pensé fort à toi et désiré te retrouver.

Nous sommes allés quelque part dans l'espace je ne sais trop où – je percevais la lumière des étoiles et j'entendais la mer en dessous de nous. Tu avais pris la forme je crois d'un grand serpent, mais je ne suis pas vraiment sûre. Je n'ai vu distinctement que ton visage et je te regardais dans les yeux (comme ce jour à Paris où tu m'avais demandé ce à quoi je pensais) tes lèvres ont touché les miennes. Nous nous sommes fondus l'un dans l'autre jusqu'à ce que nous ne formions qu'un seul être, un être plus vaste que nous-mêmes qui ressentait tout et savait tout avec une intensité deux fois plus grande – l'horloge a brisé le charme en sonnant les onze heures et tandis que nous nous séparions, j'ai eu l'impression qu'on aspirait ma vie hors de mon corps, par la poitrine, avec une douleur quasi physique.

J'y suis retournée deux fois, chaque fois c'était la même chose – chaque fois j'étais ramenée par un léger bruit dans la maison. Puis je suis montée me coucher et j'ai rêvé de toi dans des rêves où se mêlait la vie ordinaire. Nous étions ensemble en Italie (je pense que c'était lié à un mot dans ta lettre que j'avais relue avant de m'endormir). Nous étions plutôt heureux, et nous parlions de cette magnifique vision spirituelle que j'ai décrite... Tu as dit que ça allait sans doute accroître le désir physique... Cela me soucie un peu – car il n'y avait rien de physique à cette union... En comparaison, l'union charnelle n'est qu'un pale fantôme... Écris moi vite et dis-moi si ce que je raconte trouve un quelconque écho en toi et ce que tu en penses – et si je peux venir à nouveau à toi de cette façon. Je ne le ferai pas tant que je n'aurai pas eu de tes nouvelles. Mes pensées sont avec toi à toute heure.

Maud Gonne

Lettre 08

CELA FAIT LONGTEMPS QUE JE VOUS OBSERVE

Simon Fallowfield à Mary Foster

29 novembre 1866

Le 29 novembre 1866, à Middlesmoor dans le Yorkshire, Simon Fallowfield un agriculteur d'âge mûr, trouve le courage de faire sa demande en mariage – pas en personne mais par écrit –, et pas à une personne qu'il connaît particulièrement bien mais à une jeune femme des environs, Mary Foster, qui a commis la grande faute de lui avoir tapé dans l'œil à plusieurs reprises. On ne sera pas surpris d'apprendre que Mary a décliné l'offre si généreuse de Simon. Quant à savoir si son plan B a fonctionné, c'est une autre histoire.

LA LETTRE

Ma chère mademoiselle,

Je prends maintenant la plume pour vous écrire, en espérant que ces quelques lignes vous trouveront en forme, tout comme je le suis à présent, j'en rends grâce à Dieu. Vous serez peut-être surprise que j'aie ainsi l'audace d'écrire à une dame comme vous et j'espère que vous ne m'en voudrez pas. J'ose à peine dire ce que je veux, je suis si timide avec les femmes, et mon cœur est entravé comme un fermoir. Mais j'ai lu une fois dans un livre que jamais couard n'eut belle amie, donc je me lance.

Je suis un modeste agriculteur et mon âge dépasse un peu les 40 ans et ma mère habite avec moi et s'occupe de ma maison et elle ne va pas bien depuis quelques temps et elle ne peut plus trop bouger et je pense que je serai plus à l'aise avec une épouse.

Cela fait longtemps que je vous observe et je pense que vous êtes une très jolie jeune femme qui pourrait me rendre heureux, à condition que vous le vouliez bien. Nous avons une servante pour traire trois vaches et remplir les tâches ménagères et elle continue un peu l'été pour s'occuper des poules et elle fait pousser quelques navets au fond de la cour. Je me charge d'une partie du travail de la ferme moi-même, je fais le marché de Pately, et je montre parfois quelques moutons et je nourris entre trois et quatre cochons au moment de Noël, et je sais aussi me rendre très utile à la maison pour faire des tartes, et des gâteaux et ainsi de suite et je vends du jambon pour aider à acheter de la farine d'orge.

J'ai environ 73 livres sterling à la banque de Naisbro et nous avons un joli petit salon au rez-de-chaussée avec un tapis bleu, et un four d'un côté de la cheminée et la vieille dame de l'autre côté qui fume. Les règles d'or sont inscrites sur les murs au-dessus et vous pourriez vous asseoir toute la journée dans le fauteuil et tricoter et vous occuper de mes marmites et de mes haricots, et vous pourriez préparer le thé pour quand je rentre, et vous pourriez faire du beurre pour le marché de Pately et je vous conduirais à l'église tous les dimanches en voiture à cheval, et je ferais tout ce qui est en mon pouvoir pour vous rendre heureuse. Donc j'attends de vos nouvelles. Je suis désespéré et sérieux et je vous épouserai le 1er mai, ou, si ma mère meurt avant, je vous voudrai avant. Si seulement vous vouliez bien m'accepter, ma chère, nous pourrions être très heureux ensemble.

J'espère que vous me ferez part de votre décision par retour de courrier, et si vous répondez positivement, je ferai en sorte d'être à la hauteur. L'ami qui vous veut du bien et qui vous aime sincèrement s'arrête donc là pour aujourd'hui.

Simon Fallowfield

P.-S. : J'espère que vous garderez cela pour vous. Si vous ne voulez pas de moi, j'ai une autre très aimable personne en vue et je pense que je me marierai avec elle si vous ne m'acceptiez pas, mais je pense que vous me conviendriez mieux, parce qu'elle peut parfois être très revêche.

Lettre 09

JE PLEURE ET PLEURE ET PLEURE

Nadejda Mandelstam à Ossip Mandelstam

22 octobre 1938

Le 13 mai 1934, un an après avoir récité devant quelques amis un poème satyrique qu'il a écrit sur Staline, Ossip Mandelstam, l'un des poètes russes les plus importants de sa génération, est arrêté. Heureusement, son épouse Nadejda et lui échappent à l'exécution et sont seulement contraints de s'exiler à Voronej, une ville située à cinq cents kilomètres au sud de Moscou. Ils n'ont pas la même chance en 1938, lorsque le poète est de nouveau arrêté. Cette fois, il est envoyé dans un camp de travaux forcés d'où il ne reviendra pas. En octobre 1938, deux mois avant sa mort, sa femme lui envoie une lettre. Nadejda a continué de vivre en exil et a dû attendre vingt-six années de plus avant de pouvoir rentrer à Moscou. Elle a enfin pu écrire leur histoire dans ses Mémoires publiés en 1970 sous le titre Contre tout espoir.

LA LETTRE

22 octobre 1938

Ossia, mon adoré et lointain amour !

Je n'ai pas de mots, mon chéri, pour écrire cette lettre que tu ne liras jamais, peut-être. J'écris dans le vide. Peut-être que tu reviendras et que tu ne me trouveras pas ici. Et ceci sera alors ton dernier souvenir de moi.

Ossia, quelle joie c'était de vivre ensemble comme des enfants – toutes nos petites querelles et nos disputes, les jeux auxquels nous jouions, et notre amour. Désormais, je ne regarde même plus le ciel. Si je vois un nuage, à qui puis-je le montrer ?

Tu te rappelles comme nous ramenions des provisions pour préparer nos pauvres festins dans tous les endroits où nous plantions notre tente comme des nomades ? Tu te rappelles le bon goût du pain quand par miracle nous en avions et que nous le mangions ensemble ? Et notre dernier hiver à Voronej. Notre heureuse pauvreté, et la poésie que tu composais. Je me souviens de la fois où nous rentrions des bains, quand nous avions acheté des œufs ou des saucisses, et une voiture est passée à côté de nous chargée de foin. Il faisait encore froid et je me gelais dans ma petite veste (mais rien de comparable à ce que nous endurons à présent : je sais combien tu as froid). Ce jour me revient à présent. Il m'apparaît si clairement – et j'en souffre – que ces jours d'hiver pleins de soucis étaient les dernières grandes joies qu'il nous serait donné de vivre.

Chacune de mes pensées tourne autour de toi. Chacune de mes larmes et chacun de mes sourires sont pour toi. Je bénis chaque jour et chaque heure de notre âpre vie commune, mon adoré, mon compagnon, mon guide d'aveugle sur le chemin de la vie.

Nous étions comme deux chiots aveugles, nous enfouissions nos museaux dans le cou l'un de l'autre et nous étions si bien ensemble. Et quelle fièvre abritait ta pauvre tête et avec quelle folie dilapidions nous les jours de notre vie. Quelle joie c'était, et combien nous avons toujours su quelle joie c'était.

La vie peut durer si longtemps. Et combien longue et dure pour l'un et l'autre quand la perspective est de mourir seul. Ce destin peut-il être pour nous qui sommes inséparables ? Des chiots et des enfants, avons-nous mérité ça ? As-tu mérité ça mon ange ? Tout continue comme avant. Je ne sais rien. Et pourtant je sais tout – tous les jours et toutes les heures de ta vie m'apparaissent avec l'évidence et la clarté d'un délire.

Tu es venu me voir chaque nuit dans mon sommeil, et je n'ai cessé de te demander ce qui s'était passé, mais tu ne m'as pas répondu.

Dans mon dernier rêve, j'étais en train de t'acheter de quoi manger dans un restaurant d'hôtel crasseux. Je ne connaissais aucune des personnes qui se trouvaient là. Quand j'ai eu fini mes emplettes, je me suis rendu compte que je ne savais pas où les apporter, parce que je ne sais pas où tu es.

Lorsque je me suis réveillée, j'ai dit à Shura[01] "Ossia est mort." Je ne sais pas si tu es toujours en vie, mais depuis l'époque de ce rêve, j'ai perdu ta trace. Je ne sais pas où tu es. M'entendras-tu ? Sais-tu combien je t'aime ? Je n'ai jamais réussi à te dire combien je t'aime. Même maintenant, je n'y arrive pas. Je ne parle qu'à toi, rien qu'à toi. Tu es toujours avec moi, et moi qui étais du genre sauvage et colérique et qui n'ai jamais appris à pleurer de simples larmes – à présent je pleure et je pleure et je pleure.

C'est moi, Nadia. Où es-tu ?

Adieu,

Nadia

01 _ Surnom du frère d'Ossip, Alexandre.

Lettre 10

NE DEMANDE RIEN À PERSONNE ET MARIE-TOI

Zora Neale Hurston à son ex-mari Herbert Sheen

7 mai 1953

En 1920, alors qu'elle étudie à l'université Howard à Washington, Zora Neale Hurston, une romancière de 29 ans sur le point de devenir "la Reine de la Renaissance de Harlem", rencontre Herbert Sheen, un pianiste de jazz de six ans son cadet, qu'elle se met à fréquenter assidûment. Ils tombent rapidement amoureux et, en 1927, ils se marient. Quatre ans plus tard, ils décident cependant de reprendre leur liberté. Ils restent proches tout au long de leur vie et s'écrivent régulièrement. En 1953, Sheen fait part à Hurston de ses problèmes de couple : il envisage de quitter sa seconde femme, Quinlock, et d'épouser une "jeune dame". Voici la réponse de Hurston.

LA LETTRE

Eau Gallie,
Floride,
7 mai 1953

Cher Herbert,

Oh je te remercie vraiment pour ta suggestion de remède à “l’anxiété”. Comment savais-tu que j’avais besoin de quelque chose de ce genre ? Est-ce que ce sont mes lettres qui t’ont amené à ce diagnostic, ou peut-être as-tu simplement pensé que je pouvais en avoir besoin ? Tu es un merveilleux docteur.

Tes conclusions sur les réactions des dignitaires de l’église sont manifestement analytiques. Oui, ils ne sont qu’humains et très humains en fin de compte. Ils ne pouvaient pas admettre qu’ils aient pu se tromper voilà des années à Tyler. “L’autorité” est très précieuse aux yeux de la hiérarchie et ils ne concéderont pas le moindre iota ou titre facilement. On a probablement convaincu le prêtre en question que ton dossier est de l’acabit d’un Henri VIII, et il le traite en conséquence. J’ai entendu dire que Quinlock t’accuse d’avoir pris la grosse tête depuis que tu gagnes bien ta vie et te décrit comme déterminé à anéantir quiconque s’opposerait à toi. Elle est sans doute allée pleurnicher en ce sens auprès des pères de l’église. Juste, au cas où on ne te l’aurait pas expliqué, la Rote romaine, dont l’autorité refuse le divorce, soutient que le seul fondement réel à un quelconque divorce est que l’une des parties soit entrée dans le mariage sans intention d’en faire un vrai mariage, en d’autres termes, de manière malhonnête. Pour d’autres raisons qu’une union “sainte”. Aie ça en tête lorsque tu aborderas Monseigneur Fulton J. Sheen. Je ne l’ai jamais rencontré, mais Claire Boothe Luce m’en a fait le portrait. D’après ce qu’on raconte sur lui, tu as plus de chance d’être entendu qu’avec le bas clergé. Il est au fait de l’air du temps plutôt qu’arc-bouté sur la tradition.

Aujourd’hui, M. Burch du cabinet de Van G. Werley m’a apporté le rapport à lire, 41 pages qui remontent au temps où la Floride appartenait à l’Espagne et courent jusqu’à l’année 1953. Le titre est libre de tout contrat et il n’y a pas de gage sur la propriété à part les impôts de 1953 qui ne seront pas dus avant le 1er novembre. 16,50$. Les contrats sont partis à Fort Pierce chez Thomas R. Barr Jr et j’en aurai un exemplaire dans une semaine au plus tard. Je te le ferai suivre ensuite pour examen. Le cabinet m’encourage fortement à en faire un lotissement, mais à l’heure actuelle je crois que je préférerais y planter un demi-hectare de jolis manguiers et peut-être deux hectares et demi d’orangers. La demande en jus d’orange concentré semble intarissable et les prix sont bons. Depuis qu’on a découvert les concentrés, il est si facile de les envoyer dans tout le pays et à l’étranger sans perte que les fruitiers connaissent une vraie expansion. Les grandes entreprises partent de ton verger et s’occupent de tout.

Ce ne sont vraiment pas mes oignons, mais si j’étais toi, je ne laisserais pas l’interdiction de l’église me dissuader. Je ne demanderais rien à personne et me marierais, si c’est ce que tu veux. Il se peut qu’un camion de dix tonnes écrase un jour la tête de Quinlock et tu pourras à ce moment-là te remarier à l’église. Si tu veux mon avis, les prêtres ne sont que des hommes et ils n’ont pas ton expérience du monde et des femmes. Ils gouvernent en s’appuyant sur la théorie et non sur la pratique et ils n’ont pas une relation plus intime avec Dieu que toi. Je continue de penser que l’église catholique romaine est la plus grande institution que l’homme ait inventée pour le réconfort spirituel de ses semblables en moyenne, mais je n’ai jamais perdu de vue le fait que c’est une institution humaine. Les prêtres m’ont sermonnée sur mon approche intellectuelle plutôt que de tout abandonner à la foi, ce que mon système mental n'accepte pas.

Pour moi, Herbert, le concept de Dieu étant qu'Il est à la fois omnipotent et omniscient, Il devrait souhaiter que les hommes sachent certaines choses et soient guidés par ces principes. Pourquoi Sa volonté ne peut-elle pas être révélée aussi librement puisqu'elle est si importante ? Et pourquoi accepte-t-Il d'être si facilement mal interprété ? Pourquoi tant de religions ? Pourquoi se "révéler" à un Arabe dans un contexte et à un Caucasien dans un autre ? Et à un Hindou dans un autre encore et à un Mongol dans le suivant ? Non, ça ne tient pas debout. Pour moi, ces visions différentes montrent bien que les hommes cherchent à tâtons le concept de Dieu, chacun à sa manière en l'absence de toute preuve avérée où qu'ils regardent. Je ne crois absolument pas en une divinité barbue assise sur un nuage. C'est un concept anthropomorphique entièrement humain. L'homme a fait Dieu à son image. Pour moi il y a LA LOI que toutes les choses de l'univers doivent respecter. Comment cela s'explique-t-il ? Je ne sais pas, bien que j'aimerais le savoir. Nous confondons les arrangements sociaux humains avec le divin. Je ne peux pas concevoir une Loi qui s'inquiète que tu "sois fécond et te multiplies" avec Quinlock ou avec la "jeune dame". Tu ne peux pas nier l'injonction de ton propre corps de commettre l'acte de reproduire l'espèce, parce qu'elle n'a pas été obscurcie par les théories humaines (ce qui d'après moi va à l'appui de ma thèse selon laquelle LA LOI se fait comprendre avec netteté là où elle est en jeu) et n'est pas concernée par les convenances sociales humaines, parce que c'est à cela que ça revient finalement. Le mariage et les lois sociales ont été développés essentiellement pour protéger les enfants et les mères de ces enfants, voilà tout. Ne t'interdis pas la femme que tu veux ici-bas parce que tu crois qu'on te l'offrira comme récompense au Paradis. Je n'y suis pas allée mais quelqu'un m'a soufflé que les anges n'ont rien à faire dans un lit, puisqu'ils n'ont pas de sexe. Peut-être que c'est pour ça que les chérubins ne sont que des têtes. Tu vois où ça va te mener ? La "jeune dame" et toi vous rencontrerez sous forme de têtes avec des ailes sous le menton dans l'au-delà. Mais qui ça peut amuser ? Le paradis musulman est beaucoup plus excitant, où les esprits masculins sont entourés de belles femmes. Les houris. Mais comme tu le sais, ils n'attendent pas d'y être, et profitent pleinement de ce qui est à disposition ici et maintenant. C'est une religion beaucoup plus réaliste. Elle va dans le sens de la nature plutôt que d'inventer des péchés et de nous culpabiliser. Ce sont les êtres humains qui ont inventé le péché, pas Dieu. Les gens très religieux sont soit sadiques, soit masochistes, et parfois les deux. Ils aiment souffrir, se flageller, et se mettent dans des états épouvantables lorsque tu ne souffres pas de la même manière, et ils entreprennent de te le faire payer par-dessus le marché. Pour moi l'histoire d'amour célèbre d'Héloïse et Abélard n'est tragique que parce qu'ils ont été assez stupides pour passer leur temps à s'accuser eux-mêmes plutôt qu'elle de jeter son voile et lui de sortir de son monastère et tous deux de s'occuper de leurs oignons. Les gens perdent trop de temps à se demander si une liaison va durer. Profites-en tant que ça dure et n'aie aucun regret ensuite. C'est la différence fondamentale entre Quinlock et moi. Je pense à notre relation comme à une époque de plaisir sans regret. Quinlock est pleine d'amertume et de désir de vengeance parce que ça n'a pas duré éternellement. L'amour ne devrait pas durer au-delà du point où on n'y trouve plus de plaisir. Et donc Quinlock n'est pas capable d'amour mais seulement d'une folie possessive. Ça passe pour de l'amour pour beaucoup de gens. "Je l'ai tué parce que je l'aimais."

Bonne chance pour ta libération !

Cordialement,

Zora

P.-S. : La ville de Guatemala serait un merveilleux endroit pour te marier si tu n'as pas envie d'attendre l'année qu'exige la Californie. C'est en altitude, il fait frais et c'est vraiment magnifique.

Lettre 11

VOUS NE SEREZ JAMAIS LOIN

Marina Tsvetaïeva à Rainer Maria Rilke

1926-1927

Les éminents poètes Rainer Maria Rilke et Marina Tsvetaïeva ne se sont jamais rencontrés en personne et leur correspondance n'a duré que huit mois. Pourtant leurs lettres semblent révéler un lien bien plus profond. C'est leur ami commun Boris Pasternak, poète lui aussi, qui les présente par courrier en avril 1926. La première lettre de Rilke à Tsvetaïeva est accompagnée d'exemplaires dédicacés de ses ouvrages, lettre à laquelle elle répond : "Vous êtes l'incarnation même de la poésie." Très vite, il se met à lui envoyer ses dernières créations, composées spécialement pour elle. Mais leur amour ne pourra s'épanouir pleinement, car le 29 décembre de cette même année, Rilke succombe à une leucémie – une maladie qu'il combat depuis un moment et dont il a informé Tsvetaïeva. Deux jours après sa mort, elle commence à écrire à Rilke une dernière lettre, qui n'est pas destinée à être envoyée. Elle la termine deux mois plus tard.

LA LETTRE

Bellevue,
31 décembre 1926 – 8 février 1927

L'année s'achève sur ta mort ? Une fin ? Un commencement. (Très cher, je sais que maintenant – Rainer, voilà que je pleure – que maintenant tu peux me lire sans courrier, que tu es en train de me lire. Cher, si toi, tu es mort, il n'y a pas de mort, la vie – n'en est pas une. Quoi encore ? La petite ville de Savoye – quand ? où ? Rainer, et le nid (le filet*) de sommeil ? Maintenant, tu sais aussi le russe, tu sais que nid se dit *gnezdó*, et bien d'autres choses encore.

Je ne veux pas relire tes lettres, sinon je ne voudrai plus "vivre" (ne le "pourrai" plus ? Je "peux" tout – ce n'est pas de jeu), je voudrais te rejoindre, pas rester ici. Rainer, je sais que tu seras tout de suite à ma droite, je sens presque, déjà, ta tête claire. As-tu pensé une fois à moi ? C'est demain l'an nouveau, Rainer-1927. 7. Ton chiffre préféré. Tu es donc né en 1875 (le journal) ? 51 ans ? Jeune.

Ta pauvre petite fille, qui ne t'a jamais vu.

Pauvre moi.

Pourtant, il ne faut pas être triste ! Aujourd'hui, à minuit, je trinquerai (oh ! très doucement, nous n'aimons pas le bruit, toi et moi) avec toi.

Très cher, fais que je rêve de toi quelquefois.

Nous n'avons jamais cru à une rencontre ici ; pas plus qu'à l'ici, n'est-ce pas ? Tu m'as précédée pour mettre un peu d'ordre – non pas dans la chambre, ni dans la maison – dans le paysage, pour ma bienvenue.

Je te baise la bouche ? La tempe ? Le front ? Plutôt la bouche – car tu n'es pas mort–, comme à un vrai vivant.

Très cher, aime-moi, autrement et plus que personne d'autre. Ne sois pas fâché contre moi – habitue-toi à moi, c'est comme ça que je suis.

Quoi encore ?

Trop haut, peut-être ? Ni haut, ni loin.

... un peu trop en face de ce spectacle émouvant, pas encore, encore trop proche, front contre épaule.

Non, cher grand garçon – ô

Rainer, écris-moi (est-elle assez bête, cette prière ?)

Meilleurs vœux et beau paysage de l'an nouveau du ciel !

Marina

Lettre 12

ÉTERNELLEMENT BIEN-AIMÉE

Ludwig van Beethoven
à son "Éternellement bien-aimée"

Juillet 1812

Ludwig van Beethoven a 56 ans lorsqu'il décède en mars 1827, laissant derrière lui non seulement un héritage musical durable mais aussi ce qui est devenu l'une des correspondances amoureuses les plus célèbres et les plus débattues. C'est peu de temps après sa mort qu'on en fait la découverte, dans un tiroir secret de sa penderie, à côté d'autres papiers personnels, et elle n'est pas datée. Grâce au filigrane du papier cependant, nous savons qu'elle a été rédigée en 1812. Elle n'a semble-t-il pas été envoyée et a été écrite dans un intervalle de deux jours tandis qu'il était en convalescence dans la ville tchèque de Teplice. L'identité de la destinataire qui n'est jamais nommée – "l'Éternellement bien-aimée" de Beethoven – demeure un mystère.

LA LETTRE

Le 6 juillet, dans la matinée

Mon ange, mon tout, mon moi. – Aujourd'hui quelques mots seulement, et même au crayon (le tien). – Ce n'est que jusqu'à demain que j'ai une demeure ; quelle fâcheuse perte de temps que tout cela. Pourquoi ce profond chagrin, quand la nécessité se prononce ? Notre amour peut-il exister ailleurs que dans l'immolation, dans le renoncement à tout avoir ? Peux-tu y changer quelque chose, au fait que tu ne m'appartiens pas tout entière, que je ne suis pas entièrement à toi ? Ah ! mon Dieu, que ton regard s'étende à la belle nature et que ton âme y trouve la quiétude puisqu'il faut que ce soit. L'amour exige tout et il a bien raison. Ainsi en est-il de moi avec toi et de toi avec moi – mais tu oublies trop à la légère que je dois vivre pour moi et pour toi. Si nous étions complètement unis, tu n'éprouverais pas, ni moi non plus, ce sentiment douloureux. Mon voyage a été épouvantable. Je ne suis arrivé qu'hier à quatre heures du matin. Par suite de manque de chevaux, la voiture postale a emprunté une autre route, mais quelle route affreuse ! À l'avant-dernier relais, on m'avertit de ne pas voyager de nuit, on me suggéra de redouter une forêt, mais cela ne fit que m'exciter – et j'eus tort. La voiture à cause de ce terrible chemin devait se briser, un chemin défoncé, un simple chemin vicinal ; sans les deux postillons que j'avais, j'aurais dû rester en route – Esterházy sur l'autre chemin habituel eut dans ces parages le même sort avec huit chevaux que moi avec quatre. Toutefois je n'en ai pas moins éprouvé un certain plaisir, comme toujours, quand je me tire bien d'une difficulté. Maintenant vite, passons de l'extérieur à l'intérieur ; sans doute nous allons nous voir prochainement. Aujourd'hui non plus je ne puis te faire part des observations que j'ai faites sur ma vie durant ces derniers jours – si nos cœurs étaient toujours étroitement liés l'un à l'autre, je n'irais certes pas nourrir de pareilles pensées. Mon sein est rempli de tant de choses à te dire. Hélas ! il y a des moments où je trouve que le langage n'est encore absolument rien – rassérène-toi, demeure mon cher, mon unique trésor, mon tout comme je le suis pour toi. Le reste, ce sont les cieux qui doivent nous l'envoyer, quelle que doive être et sera notre destinée –

Ton fidèle Ludwig

Lundi soir, 6 juillet

Tu souffres, toi qui de tous les êtres m'es le plus cher – C'est en ce moment que je m'aperçois que les lettres doivent être de très bonne heure mises à la poste, le lundi – ou le jeudi – les seuls jours où elle part pour K[01]. – Tu souffres – Oh ! où je suis, tu es aussi avec moi – je veillerai à ce que toi et moi... à ce que je puisse vivre avec toi. Quelle vie !!!! Telle qu'elle est sans toi – persécuté de-ci de-là, par la bonté des hommes – que je désire mériter aussi peu que je la mérite – l'humilité de l'homme à l'égard de l'homme – elle m'est douloureuse – et quand je me considère en relation avec le grand Tout, voyant ce que je suis et ce qu'il est – celui que l'on considère le plus Grand – et que néanmoins – c'est en cela encore que consiste le divin de l'homme – je pleure à la pensée que ce sera sans doute samedi seulement que tu recevras de moi la première nouvelle. – Si fort que tu m'aimes, je t'aime encore plus fort, – ne cherche donc pas à te dérober à ma vue – bonne nuit – Je dois aller me coucher car je fais la cure des bains – ô mon Dieu ! – si près ! si loin ! Notre amour n'est-il pas une véritable demeure céleste ? – mais aussi solide que le firmament –

01 _ Probablement Carlsbad. (*N.d.T.*)

7 juillet

Bonjour,

Déjà même avant le saut du lit, mes pensées se portent en foule vers toi, mon éternellement bien-aimée, par instants joyeuses, puis de nouveau tristes, attendant du sort qu'il nous exauce – Je ne peux vivre qu'avec toi complètement ou pas du tout ; j'ai même résolu de continuer d'aller errant au loin jusqu'à ce que je puisse me réfugier dans tes bras et me dire chez toi dans ma vraie demeure, que je puisse plonger mon âme, entourée de toi, au royaume des esprits bienheureux. Car hélas ! il en doit être ainsi – tu te ressaisiras d'autant plus que tu sais à quel point je te suis fidèle. Jamais – jamais – jamais une autre ne possédera mon cœur. Ô mon Dieu ! Pourquoi être séparé de celle qu'on aime si ardemment ? Et pourtant ma vie à Vienne, telle qu'elle est en ce moment, est une vie misérable – Ton amour a fait de moi le plus heureux et le plus malheureux des hommes – J'aurais besoin à mon âge d'une certaine uniformité, d'une certaine égalité de vie – celle-ci peut-elle subsister dans nos rapports ? – Mon ange, à l'instant même j'apprends que la poste part tous les jours – et je dois par conséquent terminer pour que tu reçoives ma lettre aussitôt – Sois tranquille, c'est uniquement par un tranquille examen de notre existence que nous pourrons atteindre notre but de vivre ensemble – Sois tranquille – aime-moi – Aujourd'hui – hier – quelle nostalgie éplorée de toi – de toi – toi – ma vie – mon tout – Bonne chance – Oh ! continue de m'aimer – ne méconnais pas le cœur fidèle de ton amant.

toujours tien
toujours mienne
toujours à nous

L.

Lettre 13

JE ME SENS HEUREUSE CE SOIR

Anne Lindbergh à Charles Lindbergh

2 juillet 1944

Le 2 juillet 1944, alors qu'elle voyage en train de Chicago à San Francisco, l'auteure et aviatrice Anne Morrow Lindbergh écrit la lettre suivante à son mari, Charles Lindbergh – un pionner de l'aviation qui, dix-sept ans plus tôt, a triomphalement rejoint Paris depuis New York à bord du Spirit of St Louis. *En 1932, un de leurs six enfants – Charles Jr, alors âgé de 20 mois – a été enlevé et tué, ce qui déclencha une couverture médiatique d'une ampleur jamais vue jusqu'alors. Leur mariage tiendra pourtant jusqu'à la mort de l'aviateur en 1974 bien qu'ils aient tous deux entretenu des relations extraconjugales et que plusieurs enfants soient nés des amours adultères de Charles.*

LA LETTRE

2 juillet

Cher Charles,

Je suis en route vers l'Ouest. J'espère t'y retrouver. Je me sens follement extravagante et complètement dingue de traverser le pays à toute allure sans vraiment de certitude sur le lieu et l'endroit où je te retrouverai.

Mais je me sens heureuse ce soir. Je me suis assise et j'ai regardé s'assombrir les champs de maïs de l'Iowa, j'ai vu défiler les fermes – une maison blanche, une étable rouge, et une brave poignée d'arbres verts au milieu de ces océans de champs plats – telle une oasis dans le désert. Les flancs lustrés des chevaux et les feuilles lustrées des maïs. Et j'ai été bouleversée par la beauté et la richesse de ce pays au-dessus duquel j'ai volé tant de fois avec toi. Et bouleversée par la beauté et la richesse de notre vie commune, ces petits matins à se préparer, ces soirées scintillantes de rivières et de lacs sous nos pieds, retenant les dernières lueurs. Ces champs de marguerites sur lesquels nous atterrissions – et ces labours pleins de poussière et ces bandes de désert. Des souvenirs de tant de ciels et de tant de terres en dessous – tant de jours, tant de ciels étoilés. "Comment se fait-il que les eaux de ce monde soient douces – si nous devons mourir, nous les avons bues. Si nous devons pécher – ou nous quitter – si nous devons échouer ou nous retirer – nous avons goûté au bonheur – nous devons être inscrits au livre des bienheureux. Nous avons eu ce que la vie pouvait donner, nous nous sommes nourris à l'arbre de la connaissance, nous avons su – nous avons été le mystère de l'univers."[01]

Bonne nuit –

Anne

01 – Citation extraite de la lettre de John Jay Chapman à Minna Timmins. (*N.d.E.*)

Lettre 14

CECI EST UNE LETTRE D'AMOUR, N'EST-CE PAS ?

John Jay Chapman à Minna Timmins

21 septembre 1892

Né à New York en 1862, le poète John Jay Chapman a 25 ans lorsqu'il assène un coup de canne à l'astronome Percival Lowell pour avoir maltraité sa future femme, Minna Timmins. Lorsqu'il découvre que Lowell est innocent des faits qui lui sont reprochés, Chapman se punit lui-même en portant sa main au feu, se brûlant si gravement qu'on est obligé de l'amputer. Au lieu de fuir face à une telle folie, Timmins épouse Chapman l'année suivante, et en 1892, il lui écrit cette lettre d'amour – l'une des nombreuses lettres qu'ils ont échangées jusqu'à la mort en couches de Minna en 1898. Percival Lowell a poursuivi sa brillante carrière, parvenant à capturer la toute première image de Pluton.

LA LETTRE

Littleton, Colorado,
21 septembre 1892

J'ai mis sous enveloppe chacune de ces lettres en pensant que j'en avais terminé – et alors une vague de bonheur m'a submergé – en pensant à toi – toi seule, ma Minna – et à la joie de mon existence. Où étais-tu, depuis le commencement du monde ? Mais à présent tu es là, à mes côtés dans chaque espace, pièce, rayon de soleil, avec ton cœur et tes bras et la lumière de ton âme – et la puissante vigueur de ta présence. Ce n'était pas un désert inutile au Colorado. Ce n'est pas du temps perdu, car tu es là et de nombreuses vies sont combinées en une vie, et la pousse verte issue du cœur de la plante, sortant de terre, s'épanouit dans la nuit, et de nombreuses choses anciennes se sont drapées d'immortalité et d'autres qui, perdues, sont revenues toquer à ma porte intérieure, d'un temps précédant ma conception dans le ventre maternel, là aussi tu étais. Et que pourrions-nous dire de la douleur ! Elle était fausse – et le déchirement, il était nécessaire. C'était l'effondrement de barrages qui n'auraient pas dû être construits – mais étant érigés, c'était leur démantèlement afin que les eaux puissent s'écouler ensemble.

Ceci est une lettre d'amour, n'est-ce pas ? Depuis combien de temps ne t'ai-je pas écrit une lettre d'amour, mon amour, ma Minna ? Le printemps était-il caché qui jaillit désormais en gargouillant, débordant des enceintes et du faîte des murs de pierre, lavant mes pieds et mes genoux et tout mon être ? Comment se fait-il que les eaux de ce monde soient douces – si nous devons mourir, nous les avons bues. Si nous devons pécher – ou nous quitter – si nous devons échouer ou nous retirer – nous avons goûté au bonheur – nous devons être inscrits au livre des bienheureux. Nous avons eu ce que la vie pouvait donner, nous nous sommes nourris à l'arbre de la connaissance, nous avons su – nous avons été le mystère de l'univers.

L'amour est-il une main ou un pied – est-ce une image ou un poème ou une place près du feu – est-ce un poudrier ou une permission ou des aigles se rejoignant dans les nuages – Non, non et non. C'est la lumière et la chaleur et la main et le pied et l'ego. Si je prends les ailes du matin et demeure dans les parties les plus lointaines de la mer, là aussi tu es. – Il est descendu aux enfers et le troisième jour est ressuscité – et là aussi tu es – dans le désir charnel ou dans les affaires – dans les lieux arides où l'on trébuche, dans la santé et dans la maladie – dans toutes les sortes de maladie, là aussi – quel autre sujet y a-t-il, que contient d'autre le monde si toi seule es dans ce monde dans chacune de ces parties ? Je ne trouve aucun recoin où tu ne sois pas – mes yeux refuseraient de les voir. C'est vide – j'ai vu tout ce qui est là et ce n'est rien et au-dessus de la création il y a tes ailes.

N'avons-nous pas vécu trois ans ensemble – et chaque jour plus proches nous nous sommes échinés jusqu'à ce que la sève même de l'existence coule et circule entre nous, jusqu'à ce que je sache tandis que j'écris ceci – tes pensées – jusqu'à ce que je sache lorsqu'un sentiment, un espoir, une pensée me traverse – qu'il est à toi ? Pourquoi l'agonie de ces vieilles expressions et tentatives pour paraître méticuleux, nerveux constant, trucage de l'œil sur l'instrument du graveur, comme si la récompense dépendait de la rigueur du trait, ces kilos de papier et ces nuits de composition ardente – ont-elles effectivement si bien fait leur travail que l'objectif était atteint – ou était-ce la communion silencieuse – de la nuit – même après des jours de petitesse et de querelles qui nous a soudés l'un à l'autre ? Peu importe, mon amour. Je mets ton âme de telle manière dans mon corps que je ne te parle pas pour formuler un sens. J'écris seulement pour la joie et le bonheur. Avec quel soin avons-nous placé les faits avec les faits et les considérations contre les considérations ces dernières années – comme si nous gagnions nos vies en jouant aux dominos. Comme j'ai été ombrageux – te décourageant, enfonçant souvent des clous inutiles, découpant et disséquant, étiquetant, crucifiant de petites choses – et il y avait notre grand amour au-dessus de nous, qui se développait, gagnait – je me demande si nous ne brillons pas – si nous ne parlons pas avec chaque geste et chaque accent, donnant des nouvelles de l'infini – comme une Sibylle de Michel Ange. Je me demande si les gens ne se retournent pas sur nous dans la rue comme s'ils avaient vu un ange.

Tuo Giovanni

Lettre 15

J'AIME MA FEMME. MA FEMME EST MORTE

Richard Feynman à Arline Feynman

17 octobre 1946

Le prix Nobel de physique Richard Feynman est l'un des plus illustres chercheurs du vingtième siècle et une figure centrale de nombreuses avancées scientifiques notables, dont le développement de la bombe atomique. Mais il n'est pas uniquement un cerveau. Doté d'un grand charisme, il manifeste une extraordinaire capacité à transmettre ses connaissances au commun des mortels dans un langage accessible. Lorsqu'il meurt d'un cancer à l'âge de 69 ans, une éminente lumière s'éteint. C'est après sa mort qu'on découvre dans ses affaires une lettre d'amour adressée à sa chère épouse Arline et datée d'octobre 1946, seize mois après qu'elle eut succombé à une tuberculose. D'après leur fille Michelle, "cette lettre est très abîmée – beaucoup plus que les autres – et on dirait qu'il l'a souvent relue".

LA LETTRE

17 octobre 1946

D'Arline,

Je t'adore, chérie.

Je sais à quel point tu aimes entendre ces mots... mais je ne les écris pas parce que tu les aimes... je les écris parce que cela me réchauffe les entrailles de te les écrire.

Cela fait terriblement longtemps que je ne t'ai pas écrit – presque deux ans mais je sais que tu me pardonneras parce que tu sais comment je suis, têtu et réaliste ; je pensais que ça n'avait aucun sens d'écrire.

Mais à présent je sais ma femme chérie que c'est bien de faire ce que j'ai tardé à faire, et ce que j'ai fait si souvent par le passé. Je veux te dire que je t'aime. Je veux t'aimer. Je t'aimerai toujours.

J'ai du mal à comprendre par l'esprit ce que ça signifie de t'aimer après que tu es morte – mais je continue de vouloir te réconforter et prendre soin de toi – et je veux que tu m'aimes et que tu t'inquiètes de moi. Je veux avoir des problèmes à discuter avec toi – je veux faire de petits projets avec toi. Je n'ai jamais pensé jusqu'à ce moment précis que nous pourrions faire cela. Que pourrions-nous faire ? Nous nous étions mis à apprendre à faire des vêtements ensemble – ou à étudier le chinois – ou nous procurer un projecteur de films. Ne puis-je pas faire quelque chose à présent ? Non. Je suis seul sans toi et tu étais la “femme à idées” et l’instigatrice générale de toutes nos folles aventures.

Lorsque tu étais malade, tu te faisais du souci parce que tu ne pouvais pas me donner ce que tu voulais me donner et dont tu pensais que j’avais besoin. Tu n’avais pas besoin de te faire du souci. Tout comme je te le disais à l’époque, il n’y avait pas de vrai besoin parce que je t’aimais de mille façons et avec une force immense. Et maintenant évidemment c’est encore plus vrai – tu ne peux rien me donner à présent et pourtant je t’aime tant que tu te tiens en travers de ma route et que tu m’empêches d’aimer qui que ce soit d’autre – mais je veux que tu te tiennes là. Toi, morte, tu es tellement mieux que qui que ce soit d’autre vivant.

Je sais, tu vas m’assurer que je suis stupide, que tu veux que je sois pleinement heureux, que tu n’a aucune envie de me brider. Je parie que tu es surprise que je n’aie même pas de petite amie (à part toi, mon cœur) deux ans après. Mais tu n’y peux rien, chérie, et moi non plus – je ne comprends pas, car j’ai rencontré bien des femmes et de très charmantes et je ne veux pas rester seul – mais en deux ou trois rendez-vous, elles semblent toutes de cendre. Il n’y a que toi qui me restes. Tu es réelle. Ma femme chérie, je t’adore. J’aime ma femme. Ma femme est morte.

Rich

P.-S. : Excuse-moi de ne pas t’envoyer cette lettre – mais je ne connais pas ta nouvelle adresse.

Lettre 16

UN PROBLÈME AUQUEL NOUS SOMMES CONFRONTÉS

Mildred Loving à l'Union américaine pour les libertés civiles

20 juin 1963

En 1958, cinq semaines après s'être mariés dans le district de Columbia, Mildred et Richard Loving sont interpellés à leur domicile en Virginie pour violation de la loi d'intégrité raciale en vigueur dans leur État. Plutôt que de se séparer, les Loving déménagent à Washington D.C., où les unions mixtes sont autorisées. Cependant, ils ont rapidement le mal du pays. En juin 1963, Mildred écrit une lettre au procureur général des États-Unis, Robert F. Kennedy, pour lui demander d'intervenir : il leur conseille d'envoyer cette lettre à l'Union américaine pour les libertés civiles, qui défendra leur dossier contre l'État de Virginie. Le 12 juin 1967, grâce aux efforts des Loving et suite à une décision unanime de la Cour suprême des États-Unis, toutes les lois qui, sur le territoire américain, interdisent aux couples mixtes de se marier sont déclarées anticonstitutionnelles.

LA LETTRE

1151 Neal Street,
N.E. Washington D.C.,
20 juin 1963

Cher Monsieur,

Je vous écris au sujet d'un problème auquel nous sommes confrontés.

Il y a cinq ans, mon mari et moi nous sommes mariés dans le district de Columbia. Nous sommes ensuite rentrés en Virginie pour y vivre. Mon mari est blanc, je suis d'ascendance noire et indienne.

À l'époque nous ne savions pas qu'il y avait une loi en Virginie contre les mariages mixtes.

Par conséquent, nous avons été emprisonnés et jugés dans la petite ville de Bowling Green.

Nous avons été condamnés à quitter l'État et à nous installer ailleurs.

Le problème c'est que nous n'avons pas le droit de rendre visite à nos familles. Le juge a dit que si nous entrons dans l'État de Virginie au cours des trente prochaines années, nous serons condamnés à un an de prison.

Nous savons que nous ne pouvons pas y vivre, mais nous aimerions y retourner de temps en temps pour rendre visite à nos familles et amis.

Nous avons trois enfants et nous n'avons pas les moyens de payer un avocat.

Nous avons écrit au procureur général des États-Unis qui nous a suggéré de vous contacter et de vous demander conseil.

Aidez-nous s'il vous plaît si vous le pouvez. Nous espérons de vos nouvelles très bientôt.

Sincèrement vôtres,

M. et Mme Richard Loving

Lettre 17

DES MORCEAUX DE VIANDE POUR UN LOUP AFFAMÉ

Addie Brown à Rebecca Primus

24 mai 1861

En 1994, une correspondance de plusieurs années est publiée, déclenchant immédiatement un débat parmi les spécialistes à cause de la relation romantique que ces lettres suggèrent. Elles sont l'œuvre d'Addie Brown, une femme née en 1841, devenue orpheline très jeune et élevée par sa tante à Philadelphie. N'ayant pas reçu de véritable instruction, elle travaillera comme bonne toute sa vie. Les lettres sont adressées à Rebecca Primus, qui est elle l'aînée d'une famille aisée de quatre enfants de la classe moyenne du Connecticut, et est une enseignante très estimée. Leurs vies diffèrent sous bien des aspects mais elles sont toutes deux des femmes de couleur. On ne sait pas comment elles se sont rencontrées, ni comment Primus réagit aux déclarations d'amour régulières et souvent enflammées de Brown. Ce qui est clair en revanche c'est que cette relation qui s'épanouit pendant la Guerre civile est assez unique en son genre. Bien que la syntaxe approximative d'Addie rende par moment la compréhension de ses écrits difficile, l'émotion qui les sous-tend est manifeste.

LA LETTRE

New York,
24 mai 1861

Ma Rebecca chérie,

Ta lettre la plus Affec pour moi était comme des morceaux de viande pour un loup affamé je ne vais pas dire le nombre de fois que j'ai relu son contenu ce soir pour la première fois depuis que je suis partie je me suis laissée aller à pleurer ô Chère Chère Rebecca personne ne connaît le cœur de ta Chère Amie J'ai peur de devenir agaçante pour la Famille ils disent que je suis une fille de change dans tous les sens je vais essayer d'être aimable autant que je peux comment est-ce que je peux quand tu es si loin. Je pense à toi à chaque heure.

Chère Rebecca si j'avais l'énergie de la colombe, avec quelle rapidité je volerais jusque dans les bras de mon amour.

Chère Rebecca Mère a beaucoup de travail à la maison Je suis très contente parce que je dois avoir quelque chose pour m'occuper l'esprit Rebecca qu'en penses-tu ? M. Lee a commencé à s'intéresser à moi il exprime son Affec pour moi mais je me conduis avec tellement d'indifférence qu'il ne sait pas quoi faire de moi Je l'aime comme un ami et rien de plus que ça mais Chère Rebecca si jamais un jour je vois une bonne chance je la prendrai parce que je suis fatiguée d'arpenter ce monde hostile Chère Rebecca, dans tout cela n'oublie pas ce que j'ai dit à propos de se marier ne parle pas de ce que je suis sur le point de t'écrire ma vraie Amie que c'est je le crois de la part de M. Lee qu'il m'aime vraiment je ne peux pas l'aimer en retour il me demande si je pense qu'un jour je vivrai à nouveau à Hartford. Je lui ai dit que je ne savais pas il a dit je pensais que oui.

Rebecca que penses-tu mon vieil amant rentre de l'église avec moi reste dimanche après-midi le... pour remuer un peu sur ma poitrine ne te moque pas de moi ma Chérie. Mère a deux gentlemen en pension et l'un d'eux est en partie tombé amoureux de moi, mère lui a dit, et aussi Selina, qu'il n'avait aucune chance maintenant Chère Rebecca mère dit qu'elle ne pensait pas qu'elle tenait autant à moi je dois dire qu'elle très Affectueusement envers moi mais si seulement cela durait n'en dites rien à mon amour parce que pour ma part j'essaie de ne pas être changeante bien que je te laisse en juger.

Rebecca où penses-tu que Mme Nott ira quand elle mourra parce que je pense qu'elle n'est pas... vivante s'il te plaît pardonne-moi de dire ça mais c'est vrai elle sait aussi bien que si elle était vivante qu'elle ne m'a donné qu'une chemise et à ce moment-là elle avait à peine envie de me la donner mais j'ai insisté pour l'avoir elle voulait l'envoyer là-bas je sais je l'ai maintenant du coup et je m'en suis assurée donc Rebecca je ne pense pas que je partagerai à nouveau mon logement avec Mme Nott parce que je ne pense pas que Mme Nott n'est pas le genre de femme avec qui être elle me dégoûte presque.

Chère Rebecca nous avons un profond deuil dans la Famille le seul Ami de Mère est mort il a été un Père pour elle il est resté à ses côtés dans toutes ses épreuves si elle voulait quoi que ce soit elle allait toujours le voir lui et lui seul il a presque été un Cher Ami pour cette Famille Rebecca ça fend le cœur de voir sa veuve je l'ai vu pour la dernière fois dimanche il était apparemment en parfaite santé et très en forme effectivement lundi matin on a été cherché Mère et elle a pensé qu'il allait mourir d'étouffement mais ils se sont démenés il avait l'air d'aller bien mieux mère revient à deux heures de l'après-midi en pensant qu'il allait s'en tirer Mère y retourne dans la soirée et s'aperçoit qu'il va vraiment beaucoup mieux donc elle rentre à la maison à une heure on l'appelle et il était en train de mourir avant que Mère n'arrive là-haut il était mort ô Rebecca c'était tellement soudain nous avons tous très peur que Mme Scott ne vive très longtemps ils sont tous les deux vieux et elle est tellement proche... c'était la Famille avec laquelle je pensais vivre Rebecca je dois achever cette longue lettre parce que je ne pense pas qu'elle sera très intéressante pour toi si seulement je pouvais échanger ce crayon et ce papier pour une place auprès de mon aimante Rebecca c'est possible et ça doit l'être d'ici là séparation si longue si longue il n'y a que Dieu qui le sache mon cœur se brise pour toi et toi seule bonne nuit de ta douce

Affec. Addie

P.-S. : Embrasse ta Chère Mère et le reste de la Famille pour moi, embrasse ta tante Em et tous les autres Amis Addie

Lettre 18

L'AMOUR D'UN PARASITE NE VAUT RIEN

Ayn Rand à Joanne Rondeau

22 mai 1948

Née en Russie en 1905, Ayn Rand est une écrivaine qui s'est fait connaître dans les années 1940 avec le roman La Source vive, *qui rencontre un vif succès à sa sortie aux États-Unis et qui donne naissance à un mouvement philosophique, l'objectivisme, que Rand décrit comme une théorie de "l'homme vu comme un être héroïque, avec son propre bonheur comme but moral, l'accomplissement productif comme plus noble activité et la raison comme seul absolu". En mai 1948, Rand reçoit la lettre d'une fan, Joanne Rondeau, qui lui demande d'expliquer la phrase suivante de* La Source vive *:*

"Pour dire 'je t'aime', il faut d'abord savoir dire 'je'."

Cette lettre est la réponse de Rand.

LA LETTRE

22 mai 1948

Chère mademoiselle Rondeau,

Vous m'avez demandé d'expliquer le sens de la phrase de *La Source vive* : "Pour dire 'je t'aime', il faut d'abord savoir dire 'je'."

Le sens de cette phrase est contenu dans la globalité de *La Source vive*. Et il est énoncé page 400 dans le discours même dont cette phrase est extraite. Ce que le 'je' désigne, c'est une entité indépendante, autonome, qui n'existe pas pour le bon plaisir de qui que ce soit d'autre.

Une personne qui n'existe que pour le bon plaisir de celui qu'elle aime n'est pas une entité indépendante, mais un parasite spirituel. L'amour d'un parasite ne vaut rien.

L'absurdité habituelle – et très vicieuse – qu'on prône au sujet de l'amour c'est qu'il est le sacrifice de l'ego. L'ego d'un homme, c'est son âme. Si on sacrifie son âme, qui ou que reste-t-il pour ressentir l'amour ? L'amour véritable est profondément égoïste, dans le sens le plus noble du terme – c'est l'expression des plus hautes valeurs d'un individu. Quand une personne est amoureuse, elle recherche son propre bonheur – et non de se sacrifier à l'être aimé. Et l'être aimé serait un monstre s'il voulait ou espérait un tel sacrifice.

Toute personne qui veut vivre pour les autres – pour son cher et tendre ou pour l'humanité tout entière – est une entité dénuée d'ego. Un 'je' indépendant est une personne qui existe pour son bon plaisir. Une personne de ce type n'affiche pas de vicieuse prétention au sacrifice et ne l'exige pas de celui ou celle qu'elle aime. Et c'est la seule façon d'être amoureux et la seule forme de relation garante du respect de soi entre deux êtres humains.

Ayn Rand

Lettre 19

JE SUIS TERRIBLEMENT AMOUREUX DE TOI

James Schuyler à John Button

Printemps 1956

James Schuyler naît à Chicago en 1923 et suit une scolarité décousue. Ses parents très tôt divorcés, il passe en effet une grande partie de son enfance à courir le pays avec sa mère et son beau-père à la recherche d'un endroit où poser leurs valises. À peine majeur, il sert quatre ans dans la Marine, et en 1951 il fait son premier séjour en institut psychiatrique à New York, suite à une des nombreuses dépressions nerveuses qu'il allait affronter. Envers et contre ces épreuves, Schuyler compose de la poésie, et en 1981, il reçoit le prix Pulitzer pour son recueil The Morning of the Poem. *Au début des années 1950, Schuyler fait la connaissance du peintre John Button et en tombe amoureux. Ils s'écriront régulièrement.*

LA LETTRE

Cher John,

Je ne sais pas pourquoi je dois te le dire aujourd'hui... mais je le dois. Peut-être est-ce parce que lorsque je regarde le brouillard dehors, tout ce que je vois ce sont les poils de ton adorable poitrine. Je suis terriblement amoureux de toi, et je le suis depuis fort longtemps, depuis la toute première fois où Frank m'a emmené à ton appartement. J'ai fait le tour de tes magnifiques tableaux et tout à coup, tout ce que je ressentais pour toi s'est transformé en un diamant ou une rose ou quelque chose... Enfin bref je me suis mis à marcher de long en large pendant que Frank jouait du Poulenc et je me suis senti exactement comme le vilain petit canard le jour où il apprend qu'il est un cygne.

Et puis tu es rentré et je ne pensais jamais pouvoir te regarder ou me tourner vers toi à nouveau. Tout ce que j'arrivais à faire c'était rire bêtement, grogner, et m'agiter nerveusement. Mais je t'ai regardé énormément depuis, et il n'y a personne d'autre au monde que je veux regarder ; ou vouloir, d'ailleurs.

Il me semble que j'ai été si BON que je ne pouvais plus me détester. Je ne vois pas pourquoi je n'aurais pas pu naître en magnat de l'industrie plutôt qu'en idiot du village.

À présent je vais descendre et mettre le feu à la 57e Rue pour te tenir chaud.

Tout ceci n'a aucun sens. J'aime être amoureux de toi, ça réussit à rendre le malheur pas plus gros qu'une épingle, même dans les moments où j'aimerais si violemment pouvoir donner mon cœur à la science et en être débarrassé.

Avec tout mon amour,

Jimmy

Lettre 20

CHERCHE-MOI DANS LES COUCHERS DE SOLEIL

Emmie à Sumner

Non datée

Plus de quatre-vingt-dix mille personnes sont enterrées à Mount Auburn, un vaste et beau cimetière paysager créé en 1831 dans le Massachusetts. Gravé sur l'une de ces pierres tombales, on peut lire le texte d'une lettre écrite par une femme à l'homme qu'elle laisse derrière elle.

LA LETTRE

Mon tendre Sumner,

Je suis vraiment désolée d'avoir dû partir, mais mon heure était venue. Tu as toujours été le plus fort de nous deux. Je n'aurais jamais pu tenir la barre pour toi comme tu l'as fait pour moi dans des mers si sombres et dévastatrices. Au cours de mes jours de passage, tu as été, comme j'en avais la certitude, parfait.

J'ai quitté la scène mais je ne te quitterai jamais. Je suis dans un millier de lieux qui seront toujours à nous. Cherche-moi dans les couchers de soleil, ceux qui marient la lumière d'un jour qui expire aux volutes de nuages rose vif d'un ciel d'ouest. Ce sont mes couchers de soleil, pas les tiens. Vis, mon tendre Sumner, vis avec chaque parcelle d'amour que tu as encore à donner. Ne remets pas en cause cette faim qui continue de courir dans ton cœur fiévreux et battant.

Si tu te sens seul, il te suffit de me chercher. Je suis là dans le soleil couchant. Écoute attentivement et je te soufflerai ma bénédiction.

Ta Valentine pour toujours,

Emmie

Lettre 21

UNE ABOMINABLE DEMANDE EN MARIAGE

Evelyn Waugh à Laura Herbert

Printemps 1936

Evelyn Waugh, l'auteur de Retour à Brideshead, *est né à Londres en 1903. En juin 1928, trois mois avant la publication de son premier roman* Grandeur et Décadence et les poches vides, *il épouse Evelyn Gardner, au grand déplaisir de sa mère. Dans l'année qui suit, Waugh demande le divorce. Des années plus tard, tandis qu'il attend avec impatience l'annulation de ce premier mariage, il écrit à la cousine de sa future ex-femme, Laura, alors âgée de 19 ans, pour lui faire part de ce qu'il décrit lui-même comme "une abominable demande en mariage". Son honnêteté et son autodérision payent : Evelyn et Laura se marient l'année suivante et resteront unis jusqu'à la mort de l'écrivain, trente ans plus tard. Ils auront sept enfants.*

LA LETTRE

Bridgewater Estate Office,
Ellesmere, Salop,
printemps 1936

Ma douce.

Encore une lettre de toi hier soir. C'est un beau geste. J'aimerais pouvoir te montrer combien je suis reconnaissant en écrivant six pages colorées décrivant ces dernières vingt-quatre heures. Hélas je ne pense pas pouvoir le faire car, vois-tu, je n'ai pas quitté mon bureau. Mme Whitefield m'a parlé d'une femme qui s'était noyée dans le lac, mais c'était il y a quelque temps, et pas particulièrement passionnant – elle "batifolait" dans un bateau. On a dragué le lac toute une journée avant de la ramener.

Je suis ravi que tu te sois disloqué la hanche, c'est pour te punir de recevoir des boutonneux. J'espère que ça t'a fait très mal, et que ça va bien maintenant. À bas O'Neil et Cheatham.

Je travaille d'arrache-pied sur Abyssinie et le nombre x de mots – ça allait samedi, mais il en manquait deux hier. J'ai rêvé que je dînais avec le roi à Fort Belvedere et que je le flattais follement. Soudain il a dit "le seul but de la campagne d'Abyssinie c'est de séparer la famille Herbert". J'ai beaucoup ri sur le moment mais quand je me suis réveillé ça ne m'a pas paru particulièrement spirituel.

Je vais te dire ce que tu pourrais faire pendant que tu es seule à Pixton. Tu pourrais penser un peu à moi et te demander, en supposant que ces ritals de prêtres prennent un jour une décision convenable, si tu pourrais supporter l'idée de m'épouser. Bien sûr, tu n'as pas à te décider, mais penses-y. Je ne peux pas te conseiller en ma faveur parce que je pense que ce serait affreux pour toi, mais songe comme ce serait bien pour moi. Je suis nerveux, lunatique, misanthrope, paresseux, et je n'ai pas d'argent, en dehors de ce que je gagne et si je tombais malade tu mourrais de faim. En fait c'est une abominable demande en mariage. Malgré tout je pense que je pourrais m'engager à changer et devenir très strict sur la boisson, et je suis pratiquement certain que je serais fidèle. Et puis, il y a toujours le risque d'une autre crise économique plus grave, auquel cas, si tu avais épousé un noble avec un grand château, tu pourrais te retrouver sans rien à manger, tandis que moi je suis très intelligent et je pourrais probablement gagner ma vie d'une façon ou d'une autre. Bien sûr, tu te chargerais d'un vieux fossile, mais je suis un fossile sans habitudes fixes. Tu ne te verrais pas confinée en un endroit précis ou avec un groupe particulier. Enfin je n'ai pratiquement pas de parents en vie sauf un frère que je connais à peine. Tu ne te trouverais pas mêlée à une grande famille et à toutes leurs querelles et tu n'aurais pas à subir la condescendance et les ingérences d'odieuses belles-sœurs et tantes comme c'est souvent le cas. Voici de bien petits avantages comparés à mon caractère exécrable. J'ai toujours essayé d'être gentil avec toi et tu t'es peut-être mis dans la tête que je suis gentil en réalité, mais c'est de la foutaise. C'est seulement avec toi et pour toi. Je suis jaloux et impatient – mais ce n'est pas la peine de dresser la liste de tous mes vices. Tu as l'esprit critique et je ne doute pas que tu les connaisses tous, et un grand nombre que je ne connais pas moi-même. Mais je voulais simplement te faire remarquer que, en général, quand on épouse quelqu'un, on épouse également quantité d'objets et d'autres personnes. Eh bien, si tu m'épouses, rien de tout cela, et c'est un avantage en même temps qu'un inconvénient. Ma seule attache c'est mon travail. Ce qui veut dire que plusieurs mois par an nous devrions nous séparer ou sinon tu aurais à partager avec moi quelque endroit bien isolé. Mais à part cela, nous pourrions faire ce qui nous plaît et aller où bon nous semble – alors que si tu épousais un soldat, un agent de change, un député ou un grand veneur, tu serais plus tenue. Quand je dis à mes amis que je suis amoureux d'une jeune fille de 19 ans, ils ont l'air choqués et disent "pauvre enfant" mais je ne te vois pas comme quelqu'un de très jeune, même dans ta beauté. Et cet argument qui dit que tu ne peux t'engager avant des années à prendre une décision qui affectera toute ta vie n'a aucun sens. Mais de toute façon tu n'as pas à te décider ou même à répondre. Il se peut que je ne sois jamais libéré de ta cousine Evelyn. Par-dessus tout, chérie, ne te tourmente pas. Pèse simplement la question dans ta chère tête.

Tout ceci me fait penser à la pauvre Mme Churcher. Je lui ai envoyé une longue lettre de conseils très sérieuse, lui disant de sauter sur le fils du docteur et d'être une bonne épouse pour lui & je lui ai dit comment être une bonne épouse et conserver son affection – un peu à la manière de Viola Tree dans sa rubrique – mais Mme Churcher l'a mal pris. Elle était blessée dans son orgueil. Elle veut que je sache que le fils du docteur est un idéaliste & qu'elle est son idéal. Alors je crains que leur avenir ne soit bien sombre. Ils seront unis le 9 mai à Brixton, mais nous n'irons pas.

Dans huit jours je serai de nouveau avec toi, mon cœur adoré. Je ne pense pratiquement qu'à ça.

Tout mon amour.

Evelyn

Lettre 22

JE SAIS CE QU'EST L'AMOUR

Ansel Adams à Cedric Wright

10 juin 1937

Né en 1902 en Californie, Ansel Adams ressent dès son plus jeune âge une fascination pour la nature et passe beaucoup de temps à explorer les grandes étendues qui l'entourent. Mais c'est à 12 ans, lorsqu'il met la main sur son premier appareil photo, qu'il découvre la vraie passion qui le propulsera un jour au panthéon des photographes de paysages. En 1936, malmené par une surcharge de travail permanente et un mariage au bord de l'implosion, Adams fait une dépression nerveuse. Après un séjour à l'hôpital, Adams, qui a grand besoin de s'évader, décide qu'il doit retourner avec sa famille dans le seul lieu où il trouvera du réconfort : le parc de Yosemite en Californie. Quelques mois plus tard, il écrit une lettre à son ami et mentor, le photographe Cedric Wright.

LA LETTRE

Parc national de Yosemite,
10 juin 1937

Cher Cedric,

Une chose étrange m'est arrivée aujourd'hui. J'ai vu un gros nuage d'orage descendre sur le flanc du Half Dome et il était si gros, si clair et si éclatant que bien des choses qui tournoyaient en moi me sont apparues ; des choses qui ont trait à ceux qui sont aimés et à ceux qui sont de vrais amis.

Pour la première fois, je sais ce qu'est l'amour, ce que sont les amis, et ce que l'art devrait être.

L'amour est la recherche d'un chemin de vie ; un chemin qui ne peut être pris seul ; la résonance de toutes choses spirituelles et physiques. Les enfants ne sont pas seulement de chair et d'os – les enfants peuvent être des idées, des pensées, des émotions. La personne de l'être aimé est une forme composée d'une myriade de miroirs qui réfléchissent et illuminent les pouvoirs, les pensées et les émotions qui habitent celui qui aime, et dévoilent un autre type de lumière du dedans. Aucun mot ni aucun acte ne peut l'embrasser tout entier.

L'amitié est une autre forme d'amour – plus passif peut-être, mais plein de la transmission et de l'acceptation de choses comme les nuages d'orage et l'herbe et le granit pur de la réalité.

L'art est à la fois amour et amitié, et compréhension : le désir de donner. Ce n'est pas de la charité, qui revient à donner des choses, c'est plus que de la gentillesse qui revient à donner de soi. C'est à la fois prendre et donner de la beauté, étaler à la lumière les replis intérieurs de la conscience de l'âme. C'est la recréation sur un autre plan des réalités du monde ; les réalités tragiques et merveilleuses de la terre et des hommes, et de toutes les interrelations entre eux.

J'aurais aimé que le nuage d'orage prenne la direction du lac Tahoe et qu'il éclate au-dessus de toi ; je ne pourrais rien te souhaiter de plus beau.

Ansel

Lettre 23

JE T'AMPUTE DE MOI

Frida Kahlo à Diego Rivera

1953

C'est lorsqu'elle rejoint le Parti communiste mexicain en 1927 que Frida Kahlo rencontre pour la première fois Diego Rivera, un artiste de vingt et un ans son aîné qui devient rapidement son mentor et son mari. La vie de Kahlo a, jusque-là, été une série d'épreuves du fait de la polio qu'elle a contractée enfant et d'un grave accident de bus dont elle souffrira toute sa vie – mais elle fait front grâce à son amour de l'art. Par la suite, elle devient l'un des peintres les plus admirés de la planète à l'instar de Rivera. Leur liaison est réputée sauvage et imprévisible. En 1953, un an avant sa mort, Kahlo doit être amputée d'une jambe, touchée par la gangrène. Alors qu'elle s'apprête à être opérée, elle écrit une lettre à Rivera.

LA LETTRE

Mexico,
1953

Mon cher Monsieur Diego,

J'écris ces mots depuis la chambre d'un hôpital où l'on me prépare à passer au bloc opératoire. Ils voudraient que je me dépêche mais je suis résolue à terminer cette lettre, je ne veux rien laisser en plan, encore moins maintenant que je sais ce qu'ils ont l'intention de faire, ils veulent me blesser dans mon amour-propre en me coupant une patte... Quand ils m'ont dit qu'ils devaient m'amputer la jambe, cela ne m'a pas touchée comme ils le croyaient tous, NON, j'étais déjà une femme incomplète quand je t'ai perdu, à nouveau, pour la énième fois peut-être et même ainsi j'ai survécu.

La douleur ne me fait pas peur et tu le sais, c'est presque une condition immanente à mon être, bien que je t'avoue que oui, j'ai souffert, et j'ai beaucoup souffert, la fois, toutes les fois que tu m'as fait porter les cornes... non seulement avec ma sœur mais avec tant d'autres femmes... Comment sont-elles tombées dans tes rets ? Tu penses que j'étais en colère à cause de Cristina, mais aujourd'hui je dois te dire que ce n'était pas pour elle, c'était pour toi et pour moi, d'abord pour moi parce que je n'ai jamais pu comprendre : que cherchais-tu, que cherches-tu, qu'est-ce qu'elles te donnent et qu'est-ce qu'elles t'ont donné que je ne t'aie pas donné ? Parce que, ne nous voilons pas la face, Diego, tout ce qu'il est humainement possible, je te l'ai donné et nous le savons ; n'empêche, comment te démerdes-tu pour conquérir tant de femmes en étant si laid, espèce de fils de pute...

Bon, l'objet de cette lettre n'est pas de te reprocher plus que ce que nous nous sommes déjà reproché dans cette vie et qui sait combien d'autres vies ratées. C'est juste qu'ils vont me couper une jambe (elle a fini par parvenir à ses fins, cette vache)... Je t'ai dit que je me sentais déjà incomplète depuis longtemps, mais merde pourquoi est-ce qu'il faudrait que les gens le sachent ? Et maintenant tu vois, mon morcellement sera flagrant aux yeux de tous, de toi... Et donc avant qu'ils ne te déballent des racontars, je te le dis, moi "personnellement", excuse-moi de ne pas m'être arrêtée chez toi pour te le dire en face mais dans ces circonstances et vu mon état, ils ne me laissent plus sortir de ma chambre, même pour aller aux toilettes. Je n'ai pas l'intention de faire pitié, ni à toi, ni à quiconque, et je ne veux pas davantage que tu te sentes coupable de quoi que ce soit. Je t'écris pour te dire que je te libère de moi, allez, je "t'ampute" de moi, sois heureux et ne cherche jamais à me revoir. Je ne veux plus avoir de tes nouvelles, ni que tu en aies des miennes ; s'il y a quelque chose qui me ferait vraiment plaisir avant de mourir, c'est de ne plus revoir ton horrible tête de bâtard minable rôder dans mon jardin.

C'est tout, je peux désormais sereinement aller me faire couper en paix.

Adieu de celle qui vous aime d'une impétueuse folie,

Votre Frida

Lettre 24

LOIN DE TOI JE SUIS INEXISTANT

Lester Halbreich à Shirley Halbreich

Août 1944

Lester et Shirley se rencontrent en 1941 à l'hôtel Stevensville dans les Catskills, au nord de New York, où Lester, qui y travaille comme serveur, est chargé de la table de Shirley et de sa famille. Quatre mois plus tard, le 24 décembre 1941, ils se marient. Mais dans ce bref intervalle, tout a changé pour le couple Halbreich et pour tant d'autres, suite à l'attaque de Pearl Harbor qui conduit les États-Unis à s'engager dans la Seconde Guerre mondiale. Lester Halbreich est appelé à servir dans les rangs de la Marine. Pendant les dix-huit mois qu'il passe sous les drapeaux, Lester et Shirley s'écrivent presque quotidiennement – et un grand nombre des six cents lettres qu'ils se sont échangées sera plus tard publié par leur fille. Un soir d'août 1944, alors que sa femme lui manque plus qu'à l'accoutumée, Lester couche son âme sur le papier.

LA LETTRE

Août 1944,
(onze heures, dimanche soir)

Mon épouse adorée,

Et j'insiste : mon épouse adorée. Mon camarade de chambrée est en train de lire en ce moment, donc je suis prêt à m'asseoir quelques minutes et à t'écrire pour te dire combien je t'aime, et combien tu comptes pour moi.

Je sais que je t'ai dit ça des milliers de fois ou plus, mais ces mots ne s'usent pas. Je t'aime, ma chérie, de tout mon cœur et de toute mon âme et de toutes mes forces. Tandis que je suis assis ici à taper cette lettre, j'ai les deux photos de toi devant moi, et mon cœur vole vers toi dans la passion la plus profonde, et je pourrais mourir d'amour unilatéral parce que tu n'es pas ici avec moi.

Toute la journée, tu m'as manqué. J'ai essayé de combler le vide. J'ai joué aux dames, au bowling, je suis allé au cinéma, j'ai bu des bières avec les gars, ri et plaisanté (du mieux que je le pouvais), mais tout le temps il y avait ce grand vide que seul peut remplir le fait de te sentir dans mes bras, et pressée tout contre moi. La chaleur de tes lèvres contre les miennes me manque, la proximité entre toi et moi à tous points de vue. Je me sens affreusement et désespérément seul sans toi... et je suis heureux ; heureux parce que je sais que je te manque autant que tu me manques ; et heureux en prévision de notre réunion.

Ô, ma chérie, comme nous avons de la chance de nous aimer l'un l'autre. Tous les jours (ou presque tous les jours) je rencontre des gars qui sont mariés et ne sont pas amoureux, et qu'est-ce que la vie leur réserve ? Rien. Mais pour toi et moi, ma chérie d'amour, la vie nous réserve tout. Pourquoi ? La seule perspective d'être avec toi la rend précieuse.

Je ne vais pas m'excuser d'être passionné. Je suis passionné. Si je t'avais avec moi maintenant, je t'aimerais passionnément (comme je ne pourrais aimer que toi entre toutes les femmes de ce monde, et comme tu ne pourrais aimer que moi). Toute la journée, je suis resté assis en pensant à toi. J'ai essayé de t'appeler tout à l'heure, mais l'attente était trop longue donc je m'assieds devant toi et je m'envoie à toi du mieux que je peux via une machine à écrire.

Je n'écrirai pas à nouveau de cette manière avant longtemps, ma vie, mon excuse pour vivre, mais cette fois-ci il fallait que je laisse tout l'amour que je ressens pour toi s'épancher sans retenue.

Je t'aime. Tu es ma "raison d'être[01]". Sans toi, la vie n'a pas de sens ; avec toi c'est un sonnet parfait, une pierre taillée pour en révéler tout l'éclat, une symphonie composée avec art. Ou pour descendre à l'autre extrémité de l'échelle des mots, j'étais un sacré bon à rien avant de te rencontrer. Loin de toi, je suis inexistant. C'est apparu si clairement ce dernier mois.

Je pourrais continuer à chanter tes louanges. En fait, chérie, c'est ce que je veux faire. M'asseoir ici et regarder ta photo, et m'abreuver à la beauté de ton âme et de ton corps, et me réjouir à l'idée que comme je t'aime, tu m'aimes toi aussi ; mais aussi absorbé que je puisse être dans mes pensées pour toi, les souhaits de trois camarades de chambrée ne peuvent être ignorés, et ils veulent dormir. Donc, bonne nuit, mon cher amour, dors bien et pense à moi, je t'en prie, chaque nuit, avant de t'endormir, comme je pense à toi.

Je t'aime,

Les

01 _ En français dans le texte (*N.d.T.*)

Lettre 25

MILLE BAISERS AUSSI BRÛLANTS QUE MON CŒUR

Napoléon Bonaparte à Joséphine de Beauharnais

19 juillet 1796

Né à Ajaccio en 1769, Napoléon Bonaparte est considéré comme l'un des plus grands chefs militaires de l'histoire et comme un stratège sans égal. Son ascension est rapide et en 1804, après avoir mené la campagne française en Égypte et en Syrie, il est sacré empereur des Français ; l'année suivante il est fait roi d'Italie. En 1795, alors qu'il a commencé à gravir les échelons, il rencontre Joséphine de Beauharnais, en tombe amoureux et, quelques mois plus tard, la demande en mariage. En mars 1796, quarante-huit heures après leurs noces, il part diriger l'armée française en Italie. Napoléon adore écrire, et parvient, on ne sait comment, à rédiger d'innombrables lettres d'amour à son épouse, même au cœur des batailles. Il est aussi incroyablement impatient, et sombre régulièrement dans le désespoir les jours où la réponse de Joséphine se fait attendre, comme ce 19 juillet 1796.

LA LETTRE

Marmirolo,
19 juillet 1796

Il y a deux jours que je suis sans lettres de toi. Voilà trente fois aujourd'hui que je me suis fait cette observation, tu sens que cela est bien triste ; tu ne peux pas douter cependant de la tendre et unique sollicitude que tu m'inspires.

Nous avons attaqué hier Mantoue. Nous l'avons chauffée avec deux batteries à boulets rouges et des mortiers. Toute la nuit cette misérable ville a brûlé. Ce spectacle était horrible et imposant. Nous nous sommes emparés de plusieurs ouvrages extérieurs, nous ouvrons la tranchée cette nuit. Je vais partir pour Castiglione demain avec le quartier général, et je compte y coucher.

J'ai reçu un courrier de Paris. Il y avait deux lettres pour toi ; je les ai lues. Cependant, bien que cette action me paraisse toute simple et que tu m'en aies donné la permission l'autre jour, je crains que cela ne te fâche, et cela m'afflige bien. J'aurais voulu les recacheter : fi ! ce serait une horreur. Si je suis coupable, je te demande grâce ; je te jure que ce n'est pas par jalousie ; non, certes, j'ai de mon adorable amie une trop grande opinion pour cela.

Je voudrais que tu me donnasses permission entière de lire tes lettres ; avec cela il n'y aurait plus de remords ni de crainte.

Achille arrive en courrier de Milan ; pas de lettres de mon adorable amie ! Adieu, mon unique bien. Quand pourras-tu venir me rejoindre ? Je viendrai te prendre moi-même à Milan.

Mille baisers aussi brûlants que mon cœur, aussi purs que toi.

Je fais appeler le courrier ; il me dit qu'il est passé chez toi, et que tu lui as dit que tu n'avais rien à lui ordonner. Fi ! méchante, laide, cruelle, tyranne, petit joli monstre ! Tu te ris de mes menaces, de mes sottises ; ah ! si je pouvais, tu sais bien, t'enfermer dans mon cœur, je t'y mettrais en prison.

Apprends-moi que tu es gaie, bien portante et bien tendre.

Bonaparte

Lettre 26

BONNE CHANCE, MA CHÉRIE

Nelson Mandela à Winnie Mandela

23 juin 1969

Des dizaines d'années avant qu'il ne devienne le premier président noir d'Afrique du Sud, et un an après l'avoir rencontrée, Nelson Mandela épouse Winnie Madikizela. Ils restent unis pendant trente-huit longues, et souvent sombres, années – tant d'un point de vue personnel que politique. Un an seulement après avoir échangé leurs vœux, Mandela est condamné à une peine de vingt-sept ans de prison ferme en raison de son militantisme contre l'apartheid – et il passe dix-huit ans dans une cellule de 2,5 mètres sur 2 sur Robben Island où ses contacts avec l'extérieur sont extrêmement limités. C'est là-bas qu'en 1969 il apprend que sa femme doit purger une peine de seize mois. Le courrier est leur seul moyen de communication, et certaines lettres ne seront jamais reçues. Heureusement celle-ci, écrite par Mandela en juin 1969, arrive à destination.

LA LETTRE

23 juin 1969

Ma chérie,

La chose la plus précieuse que je possède ici, c'est la première lettre que tu m'as écrite le 20 décembre 1962, peu après ma première condamnation. Pendant ces derniers six ans et demi, je n'ai cessé de la lire et la relire et les sentiments qu'elle exprime me sont aussi chers et nouveaux que le jour où je l'ai reçue. Avec les aspirations et les conceptions que tu manifestes et le rôle que tu joues dans la bataille actuelle des idées, j'ai toujours su que tu serais arrêtée tôt ou tard. Mais quand je pense à tout ce que j'ai vécu, j'avais vaguement espéré qu'une telle calamité te serait épargnée et que tu ne connaîtrais pas le malheur et la douleur de la vie en prison. Aussi, quand la nouvelle de ton arrestation m'est parvenue le 17 mai, en pleine préparation de mes examens vingt-cinq jours plus tard, je me suis senti pris au dépourvu, glacé et seul. Que tu sois libre et que tu aies la possibilité de te déplacer dans certaines limites, a pour moi beaucoup d'importance. J'attends tes visites avec impatience ainsi que celles des membres de la famille et des amis que tu organisais avec ta compétence et ton enthousiasme habituels, sans compter tes merveilleuses cartes d'anniversaire, de mariage et de Noël que tu ne manquais jamais de m'envoyer, et l'argent que tu réussissais à réunir en dépit des difficultés. Ce qui rend ce désastre encore plus accablant, c'est le fait que ta dernière visite date du 21 décembre et que j'espérais que tu viendrais le mois dernier ou en juin. J'attendais aussi ta réponse à ma lettre du 2 avril dans laquelle je parlais de ta maladie et je te faisais des suggestions.

Pendant quelque temps, après avoir reçu cette nouvelle, mon esprit m'a semblé cesser de fonctionner et je suis revenu presque instinctivement vers ta lettre comme je l'ai toujours fait dans le passé chaque fois que ma résolution faiblissait ou chaque fois que j'ai voulu détourner mon esprit de problèmes qui me harcelaient.

“La plupart des gens ne se rendent pas compte que ta présence physique n'aurait rien signifié pour moi si les idéaux auxquels tu as consacré ta vie n'avaient pas été réalisés. Je trouve que vivre avec l'espoir est une chose merveilleuse. Nos vies brèves ensemble, mon amour, ont toujours été remplies d'espérance... Dans ces années terribles et violentes, je t'ai aimé comme jamais auparavant... Rien ne peut être aussi précieux que de prendre part à la formation de l'histoire d'un pays.”

Ce sont quelques diamants que contient cette lettre et, après l'avoir lue le 17 mai, je me suis senti à nouveau aux anges. Les désastres arriveront et s'en iront, laissant toujours leurs victimes soit complètement brisées, soit renforcées et plus expérimentées, capables de faire face à une nouvelle vague de défis. C'est précisément dans le moment présent qu'on doit se souvenir que l'espoir est une arme puissante qu'aucun pouvoir sur terre ne peut vous enlever ; rien ne peut être aussi précieux que de prendre part à la formation de l'histoire d'un pays. Les valeurs éternelles de la vie sociale et de la pensée ne peuvent être créées par des gens indifférents ou hostiles aux véritables aspirations d'une nation. Ceux qui n'ont ni âme ni sens de l'orgueil national ni aucun idéal ne peuvent supporter l'humiliation ou la défaite. Ils ne peuvent élaborer aucun héritage national, ils ne sont inspirés par aucune mission sacrée et ne peuvent faire naître ni martyrs ni héros nationaux. Aucun nouveau monde ne naîtra grâce à ceux qui se tiennent à distance, les bras croisés ; il naîtra grâce à ceux qui sont dans l'arène, dont les vêtements sont déchirés par les tempêtes et dont le corps est mutilé par l'affrontement. L'honneur appartient à ceux qui ne renoncent jamais à la vérité même quand tout semble sombre et menaçant, qui essaient encore et encore, que les insultes, l'humiliation ou la défaite ne découragent jamais. Depuis l'aube des temps, l'humanité a respecté et honoré les hommes courageux et honnêtes, des hommes et des femmes comme toi, ma chérie – une jeune fille ordinaire née dans un village de campagne à peine indiqué sur les cartes[01], femme d'un *kraal*[02] le plus humble même selon les critères paysans.

Ma dévotion à ton égard m'empêche d'en dire plus en public que je ne l'ai fait dans cette lettre qui doit passer dans de nombreuses mains. Un jour, nous aurons l'intimité qui nous permettra de partager les tendres pensées restées enfouies au fond de nos cœurs pendant ces huit dernières années.

En temps voulu, tu seras accusée et certainement condamnée. Je te propose d'en parler avec Niki dès que tu seras accusée afin de prendre les arrangements nécessaires pour l'argent en pensant aux études, à la toilette, aux provisions pour Noël et autres dépenses personnelles. Tu dois aussi prévoir qu'elle t'envoie dès que tu seras condamnée des photos avec un cadre de cuir. Par expérience, j'ai trouvé qu'une photo de famille est la chose la plus importante en prison et tu dois en avoir une dès le début. J'ai écrit une longue lettre à Zeni et Zindzi, aux bons soins de Niki, en leur expliquant la situation pour tenter de les informer et les maintenir de bonne humeur. J'espère seulement qu'elles ont reçu ma lettre du 4 février. Le mois dernier, j'ai écrit à Maman[03] à Bizana et

01 _ Le village de Winnie Mandela est Mbongweni, Bizana, Transkei.

02 _ Le *kraal*, en afrikaans, est un groupe de huttes entouré d'une clôture pour garder de bétail.

03 _ La mère de Winnie Mandela.

à Sidumo[01]. Ce mois-ci, j'écrirai à Tellie[02] et à oncle Marsh[03]. Je n'ai pas de nouvelles de Kgatho[04], Maki[05], Wonga[06], Sef[07], Gibson[08], Lily[09], Mthetho[10] et Amina[11], à qui j'ai écrit entre décembre et avril.

Il m'a été possible d'écrire cette lettre grâce à l'autorisation du général Aucamp et je suis sûr qu'il aura à cœur de t'aider si tu désirais y répondre, au cas où tu serais encore en détention. Si tu peux le faire, dis-moi si tu as reçu ma lettre d'avril. Dans cette attente, je veux que tu saches que je pense à toi à chaque instant de la journée. Bonne chance, ma chérie. Un million de baisers et des tonnes d'amour.

Avec dévouement,

Dalibunga

01 _ Sidumo Mandela, un cousin.
02 _ Sœur traditionnelle de Mandela.
03 _ Le mari de Niki Xaba.
04 _ Makgatho Mandela (1950-2005), second fils de Mandela.
05 _ Makaziwe Mandela (1954-), fille année de Mandela.
06 _ K. D. Matanzima.
07 _ Sefton Vutela, son beau-frère.
08 _ Gibson Kente.
09 _ Lilian Ngoyi.
10 _ Le chef Mthetho Matanzima.
11 _ Amina Cachalia (1930-2013), amie et militante antiapartheid et pour le droit des femmes.

Lettre 27

J'AIME JUNE CARTER, JE L'AIME

Johnny Cash à June Carter

23 juin 1994

Johnny Cash et June Carter tous deux stars de la musique country se croisent pour la première fois lors d'un concert en 1956 et, bien que Cash soit déjà marié, le coup de foudre est immédiat. Plus d'une fois, Cash demande sa main à Carter, sans succès, mais le 1er mars 1968, treize ans après leur première rencontre et une semaine après une énième demande sur scène pendant un concert, ils finissent par se marier. Leur union durera jusqu'à la mort de June, trente-cinq ans plus tard. En 1994, à l'occasion du soixante-cinquième anniversaire de sa femme, Johnny lui écrit une lettre. Il s'écoulera neuf années avant qu'elle ne disparaisse. Peu après, il lui en écrit une autre.

LA LETTRE

23 juin 1994,
Odense, Danemark

Joyeux anniversaire Princesse,

Nous vieillissons et nous nous habituons l'un à l'autre. Nous pensons de la même manière. Nous lisons dans les pensées l'un de l'autre. Nous savons ce que l'autre veut sans lui demander. Parfois nous nous agaçons l'un l'autre un peu. Peut-être que nous nous imaginons parfois être acquis l'un à l'autre.

Mais de temps en temps, comme aujourd'hui, j'y réfléchis et je me rends compte de la chance que j'ai de partager ma vie avec la femme la plus extraordinaire que j'aie jamais rencontrée. Tu continues à me fasciner et à m'inspirer. Tu me tires vers le haut. Tu es l'objet de mon désir et la toute première raison de mon existence. Je t'aime énormément.

Joyeux anniversaire Princesse.

John

11 juillet 2003,
12 heures

J'aime June Carter, je l'aime. Oui je l'aime. J'aime June Carter, je l'aime. Et elle m'aime. Mais à présent June est un ange et pas moi. À présent June est un ange et pas moi.

Lettre 28

UN HURLEMENT DE SOUFFRANCE

Vita Sackville-West à Virginia Woolf

21 janvier 1926

L'union de l'éminente femme de lettres anglaise Vita Sackville-West avec Harold Nicolson est la définition même du mariage libre, les deux partenaires s'adonnant gaiement à des relations extraconjugales avec des personnes de même sexe tout au long des quarante-neuf années que dura leur vie commune. Au début des années 1920, Vita entame ce qui deviendra la plus célèbre de ses liaisons avec Virginia Woolf, l'immense romancière à qui l'on doit Mrs Dalloway *et* Orlando, *ce dernier ouvrage ayant été en partie inspiré par la vie de Vita. En janvier 1926, cette dernière est contrainte de quitter Londres pour rejoindre son mari, alors diplomate en Perse, pour quatre longs mois ; le 21, à bord du train qui l'emmène au loin, elle écrit une lettre pleine de nostalgie à l'amante qu'elle laisse derrière elle.*

LA LETTRE NON TRADUITE PAR MOI

21 janvier,
Milan

Je suis réduite à quelque chose qui a besoin de Virginia. J'ai composé une belle lettre pour toi dans les heures d'insomnie cauchemardesques de la nuit et voilà que j'ai tout oublié : tu me manques, d'une manière tout simplement humaine et désespérée. Toi, Virginia, avec toutes tes lettres non muettes, tu n'écrirais jamais une formule aussi élémentaire que celle-là ; peut-être même serais-tu incapable de la ressentir. Et pourtant je crois que tu éprouveras la sensation d'un petit vide. Mais tu l'envelopperais dans une façon de dire si exquise qu'il perdrait un peu de sa réalité. Tandis que pour moi c'est absolument flagrant : tu me manques plus encore que je n'aurais pu l'imaginer, et cependant j'étais faite à l'idée que tu me manquerais énormément. Si bien que cette lettre n'est en réalité qu'un hurlement de souffrance. C'est incroyable de voir à quel point tu m'es devenue essentielle. Je suppose que tu es habituée à t'entendre dire ce genre de choses. Enfer et damnation, ô créature trop choyée ; je sais que je ne t'amènerai point à m'aimer davantage en me livrant pieds et poings liés comme je le fais – Mais, ô ma très chère, je ne parviens pas à être astucieuse et distante avec toi : je t'aime trop pour cela. Trop sincèrement. Tu n'as pas d'idée de la dureté avec laquelle je peux me montrer distante envers les gens que je n'aime pas. J'ai élevé cela à la perfection d'un art. Mais toi, tu as fait s'écrouler mes lignes de défense. Et, à dire le vrai, je ne t'en veux même pas.

Quoi qu'il en soit, je ne t'importunerai plus à ce sujet.

Nous venons de redémarrer et le train ballotte de nouveau. Je vais être obligée d'attendre les gares pour t'écrire – heureusement elles sont nombreuses le long de la plaine de Lombardie.

Venise.

Les gares étaient nombreuses mais je ne m'attendais pas à ce que l'Orient-Express les brûle. Et nous voici à Venise pour seulement dix minutes – un laps de temps bien désastreux pour essayer d'écrire. Même pas le temps d'acheter un timbre italien, ma lettre partira donc de Trieste.

Les cascades de la Suisse étaient transformées par le gel en rideaux épais de glace iridescente accrochés aux rocs ; que c'était beau. Et l'Italie entièrement ensevelie sous un manteau de neige.

Nous allons repartir. Il me faudra donc attendre jusqu'à Trieste demain matin. Pardonne-moi, je t'en prie, de t'écrire une lettre aussi lamentable.

V.

Lettre 29

JE SERAI TOUJOURS PRÈS DE TOI

Sullivan Ballou à Sarah Ballou

14 juillet 1861

En 1861, alors que la guerre de Sécession menace, un avocat de 32 ans, Sullivan Ballou, quitte sa femme et ses deux fils pour rejoindre comme major l'armée de l'Union. Le 14 juillet, conscient que le danger approche, il écrit, sans l'envoyer, une lettre magnifique à sa femme. Avec éloquence, il l'alerte sur les risques qu'il encourt et lui parle de son amour pour sa famille et pour son pays. Hélas, deux semaines plus tard, Sullivan trouve la mort dans la bataille de Bull Run – la première confrontation majeure d'une guerre qui durera quatre ans et coûtera la vie à près de sept cent cinquante mille personnes. La lettre, découverte ultérieurement dans ses affaires, est transmise à sa veuve, mais est ensuite égarée. Cette copie, attribuée à l'un de ses proches parents, est conservée à la Bibliothèque Abraham Lincoln.

Sarah, qui avait 24 ans quand Sullivan est mort, ne s'est jamais remariée. Elle est décédée à l'âge de 80 ans et est enterrée à ses côtés à Providence, Rhode Island.

LA LETTRE

Quartier général,
Camp Clark,
Washington D.C.,
14 juillet 1861

Ma très chère femme,

Tout porte à croire que nous lèverons le camp dans quelques jours, peut-être demain, et de crainte de ne plus pouvoir t'écrire à nouveau, je ressens l'obligation de rédiger quelques lignes sur lesquelles tu tomberas peut-être lorsque je ne serai plus. Notre déplacement pourrait ne durer que quelques jours et s'avérer plaisant. Et il pourrait être celui d'une confrontation grave et mortelle pour moi, "Que ta volonté et non la mienne soit faite, ô mon Dieu." S'il faut que je tombe sur le champ de bataille pour mon pays, je suis prêt. Je ne nourris aucun doute, ni ne manque de confiance en la cause pour laquelle je me suis engagé, et mon courage ne connaît ni pause ni faiblesse. Je sais combien la Civilisation américaine repose désormais sur le triomphe du gouvernement et quelle dette immense nous avons envers ceux qui nous ont précédés dans le sang et la souffrance de la Révolution. Et j'accepte, sans réserve, de laisser là toutes mes joies terrestres pour aider à défendre ce gouvernement et payer cette dette.

Mais, ma chère femme, quand je sais qu'avec mes joies j'aliène presque toutes les tiennes, – et les remplace dans cette vie par des soucis et de la tristesse – quand, après avoir moi-même mangé pendant de longues années le fruit amer de la privation de parents, je me vois contraint de l'offrir comme seule subsistance à mes chers enfants, est-ce lâcheté ou indignité si, tandis que la bannière de la détermination flotte fière et sereine au vent, au-dessous l'amour infini que je porte à ma chère épouse et à mes enfants s'oppose dans une compétition féroce et pourtant inutile à l'amour que je porte à mon pays.

Je ne peux pas te décrire ce que je ressens quant à cette calme nuit d'été où autour de moi deux-cents hommes dorment, nombre d'entre eux goûtant peut-être leur dernier repos avant la nuit éternelle. Et, soupçonnant la mort d'avancer subreptice dardant sur moi sa flèche assassine, je communie avec Dieu, mon pays et toi. J'ai bien souvent cherché avec application au plus profond de ma poitrine une fausse raison de risquer ainsi le bonheur de tout ceux que j'aime et je n'ai jamais réussi à en trouver une. Un amour pur de ma Patrie et des principes que j'ai défendus devant le peuple ainsi que le nom de l'honneur que j'aime plus que je ne crains la mort m'ont appelé et j'ai obéi.

Sarah, mon amour pour toi est immortel, il semble me lier par de solides câbles que seule la Toute-puissance peut briser. Et pourtant mon amour pour le Pays me balaie comme un vent fort qui me porte avec toutes ces chaînes vers le champ de bataille ; les souvenirs de tous les moments de joie que j'ai vécus avec toi s'amoncellent au-dessus de moi et je rends grâce du fond du cœur à Dieu et à toi d'en avoir profité si longtemps. Comme c'est dur pour moi de les abandonner ; et de réduire en cendres les espoirs d'années à venir durant lesquelles, si Dieu le veut, nous pourrions encore aimer et nous aimer et regarder nos garçons devenir des honnêtes hommes à nos côtés. Je sais que je n'ai que de modestes demandes à la Providence Divine, mais quelque chose me souffle que c'est peut-être la prière reçue de mon petit Edgar : que je sois rendu à ceux que j'aime sain et sauf. Si je ne reviens pas, ma chère Sarah, n'oublie jamais combien je t'ai aimée ni que lorsque je rendrai mon dernier souffle sur le champ de bataille il chuchotera ton nom.

Pardonne mes nombreuses fautes et les peines que je t'ai infligées. De quelle, indélicatesse et stupidité ai-je parfois fait preuve ! Avec quelle joie je laverais de mes larmes la moindre tache qui ternit ton bonheur et me battrais contre tous les malheurs de ce monde pour vous protéger toi et mes enfants de tout ce qui pourrait vous blesser, mais je ne peux pas. Je dois te regarder depuis le monde des esprits et d'en haut, suivre tes pas pendant que tu te frayes un chemin dans les tempêtes avec ton précieux petit chargement – et attendre avec une patience désolée nos retrouvailles éternelles.

Mais oh ! Sarah ! Si les morts peuvent revenir sur cette terre et voler sans être vus auprès de ceux qu'ils aiment, je serai toujours avec toi dans le jour le plus clair et la nuit la plus sombre, dans tes instants les plus joyeux et tes plus mélancoliques heures, toujours et lorsque la brise légère caressera ta joue, ce sera mon souffle, et quand l'air frais balaiera ta tempe palpitante, ce sera mon esprit. Sarah, ne pleure pas ma mort, dis-toi que je suis parti et attends-moi car nous nous retrouverons.

Quant à mes petits garçons, ils grandiront comme je l'ai fait et ne connaîtront jamais l'amour et l'attention d'un père.

Le petit Willie est trop petit pour se souvenir de moi longtemps mais mon Edgar aux yeux bleus gardera en lui mes cabrioles parmi les plus lointaines images de son enfance.

Sarah, j'ai une confiance sans limite en toi pour veiller sur eux et les fortifier dans leurs caractères. Dis à mes deux mères que j'implore sur elles la bénédiction de Dieu.

Oh ! Sarah je t'attends pour lors, viens me retrouver et guide mes enfants vers moi.

Sullivan

Au Bonheur des Lettres

Courriers historiques, inattendus et farfelus

SIMONE DE BEAUVOIR, JOHN LENNON, FRIDA KAHLO, CHARLES DICKENS,
ZORA NEALE HURSTON, RAYMOND CHANDLER, NELSON MANDELA, ANNE FRANK, KURT VONNEGUT,
JOHN STEINBECK, LEONARD COHEN, BEETHOVEN, ET TANT D'AUTRES.

Éditions du sous-sol

RÉALISATION : NORD COMPO À VILLENEUVE-D'ASCQ
NORMANDIE ROTO IMPRESSION S.A.S À LONRAI
DÉPÔT LÉGAL : NOVEMBRE 2020. N° 146619 (2002702)
IMPRIMÉ EN FRANCE